JN211376

新 潮 文 庫

スクールカースト殺人教室

堀内公太郎著

新 潮 社 版

10559

目次

CONTENTS

スクール カースト 殺人教室

School Caste
Murder in Classroom
by
Kotaro
Horiuchi

堀内公太郎

主は彼らの不義を彼らに報い、
彼らをその悪のゆえに滅ぼされます。
われらの神、主は彼らを滅ぼされます。

（詩篇・第94章より）

「すべての準備が整いました。さあ、始めましょう」

プロローグ

＊＊＊＊＊＊＊＊＊＊＊＊＊＊＊＊＊＊＊

最後のお願いです。
今度の月曜日、いつもどおりに来てください。
来てくれなければすべてをバラします。

＊＊＊＊＊＊＊＊＊＊＊＊＊＊＊＊＊＊＊

足音を忍ばせて、暗い廊下を歩いていく。一晩中、締め切られていた校舎には、梅雨の湿り気を帯びた熱気がこもっていた。そっと足を運ぶだけでも、あっという間に額や首筋に汗がにじんでくる。

羽田勝《はねだまさる》は担任を務める一年D組の教室の前で足を止めた。音を立てないように神経を配りながら、扉を横にすべらせる。中から、さらにむっとした熱気が流れ出てきた。窓から差し込む明るさが、室内を薄黄色く照らしている。生徒がいない教室はやたらと広く見えた。この時間に来たときに、いつも感じることだ。

「……いるのか」ささやくような声で呼びかける。

しばらく待ったが、返事はなかった。まだ来ていないようだ。

左腕の時計に目をやる。婚約者の本橋優香《もとはしゆうか》から今年のバレンタインにもらったものだ。ネットで調べると、定価十五万円とあった。まずまず高級だったことで、気に入って使っている。

時刻は、午前三時になろうとしていた。まもなく相手も来るだろう。心を落ち着かせるため、羽田は短く息を吐いた。

まさか向こうから脅迫してくるとは思いもよらなかった。少しなめていたかもしれない。二度とこのようなことをしないよう、今日はしっかりと分からせる必要がある。

こちらも向こうの弱みは握っている。人生を破滅させるほどの弱みだ。強めに脅しておけば、すぐにおとなしくなるだろう。そのあたりは自信があった。

教室に入って扉を閉める。教壇に上がると、教卓に手をついてぐるりと見渡した。羽田が支配するクラスだ。

あと二十日ほどで一学期が終わる。ここまでは実に満足のいくクラス運営ができたと自負している。それもこれも、前回の反省から、生徒の力関係を踏まえた戦略を立てたからだろう。

三年前、二十三歳で初めて担任を任された際は、クラスにおける生徒の序列の重要性がまったく分かっていなかった。押さえるべき生徒を押さえることができず、気がついたときには、クラスの生徒全員から疎《うと》まれ、無視され、邪魔者扱いされていた。

そのうえ、クラスで《王様》として君臨していた男子生徒の母親がなにかにつけて学校に怒鳴り込んできたため、肉体的にも精神的にも追い詰められ、一年間、休養を余儀なくされてしまった。

昨年の秋に復帰した。二学期、三学期と無難にこなしたのち、この四月から再び担任を任された。普通なら、これほど早く担任に戻れることはない。すべては校長である泉《いず》田《み》のおかげだった。泉田には仲人《なこうど》も頼んでいる。式を延期することが多少気になるものの、今後、ますます後押ししてくれることだろう。

中心的な生徒を見つけて押さえる——クラス運営で大切なのはそれだけだった。押さえると言っても、押さえつけるわけではない。むしろ逆だ。多少外れていることでも、彼らについては基本的に肯定する。意見を尊重し、冗談には笑い、コミュニケーションを密にする。それだけで彼らはこちらを《いい先生》だと思ってくれる。あとは簡単だ。彼らさえ味方につければ、その他大勢はそれに追随する。

やり方は、校長の泉田が教えてくれた。実は三年前にも言われていたのだが、当時は特定の生徒を贔屓《ひいき》するやり方に抵抗を覚えて聞き流していた。今回の復帰では、意識してそれを実践している。ベテランの経験は大切だと改めて実感していた。

泉田のアドバイスのおかげもあるが、自分で加えたアレンジがさらにクラス運営をスムーズにしていると羽田は感じていた。クラスで《イジられ役》となっている数人の生徒を、羽田自身も積極的にイジるように心がけたのだ。

羽田が《イジられ役》をイジると、ほかの生徒はウケた。中心的な生徒はもちろんだが、それ以外の生徒も見ていて楽しそうだった。それにより、クラスの大半を掌握できた。中心的な生徒を押さえただけでは、こうはいかなかったに違いない。

結果的に、不登校の生徒も出てしまったが、四十人近くいるのだから脱落者が出るのは仕方がない。それよりも、刺激的な副産物が生まれたことのほうがありがたかった。日ごろの行いがいいからだろう。今日まで、ずいぶんと楽しませてもらった。

窓へ近づいていく。空を見上げた。新月なのか、月は出ていない。いつもより暗く感じるのは、そのせいだろうか。この時間に教室に来るのは今日が最後になる。少し感慨深い気もした。

背後で扉の開く音が聞こえた。腕時計で時刻を確認する。約束の午前三時を一分だけ過ぎていた。わざとらしくため息をつく。

「この俺様を脅したうえ、遅刻するなんていい度胸じゃないか」

羽田はゆっくりと首をめぐらせた。

1

月曜日の朝。まもなく午前七時になろうとしていた。それほど人通りは多くない。目の前の交差点で、一人のサラリーマンがタバコをふかしていた。信号に苛立《いらだ》ってか、細かく貧乏ゆすりをしている。

磯神《いそがみ》ことりはため息をつくと、歩みを進めた。頬を伝う汗を手の甲でぬぐう。

空には、どんよりとした雲がかかっていた。梅雨の真《ま》っ只中《ただなか》であることを、嫌でも思い出させる。あと二週間もすれば、ここまでジメジメとはしなくなるのだろう。そして、身体《からだ》を溶かすような暑さがやってくる。

暑い夏、ことりたちには夏休みがあった。そのあいだも、あのくわえタバコの中年サラリーマンは汗を流しながら職場に通い続ける。そう考えると、少し気の毒な気がした。

しかし、それとこれとは話が別だ。

ことりは不機嫌そうなサラリーマンの横で足を止めた。タバコ混じりの汗のにおいが鼻先をかすめ、思わず顔をしかめてしまう。

気配に気づいたサラリーマンが、胡散《うさん》臭そうにことりを見た。女子高生だと気がついたからか、途端に表情がゆるむ。

「なにか用かい？」と猫なで声で訊《き》いてきた。

「ここは路上での喫煙禁止です」

「へ？」

「聞こえませんでしたか。ここは路上での喫煙禁止です」

男はあ然としたようにことりを眺めていた。そのあいだも、タバコの先からは煙が立ち上っている。

「……いや、知ってるけど」

ことりはやれやれと首を振った。

「なら、早く消してください。周りの迷惑です」と辺りを見回す。

信号待ちをするサラリーマンやＯＬ、学生が固唾《かたず》を飲んでこちらを見守っていた。

「なんでそんなこと言われなきゃいけないんだ」男がむっとした顔で言い返してくる。

「なんでって？」ことりは目を見開いた。「もちろん、ここが喫煙禁止だからです」

「分かってるって言ってるだろう」

「分かっててやってるんですか」ことりはあきれて肩をすくめた。「おじさん、大人でしょう。いい歳《とし》して、なに言ってるんです？」

男の顔が真っ赤になった。タバコを投げ捨てると、乱暴に革靴で踏みつける。

「これで文句ないだろう」

ことりはため息をついた。

「非常識な人……」

「なんだと?」男が凄《すご》んでくる。

「——おい、やめろ」口をはさんだのは、二十代前半とおぼしきスーツ姿の男だった。

「悪いのはおっさんだろ。逆ギレすんなよな」

信号が青に変わる。『通りゃんせ』が流れ始めた。しかし、周囲にいた誰もが、すぐには動こうとしない。

中年サラリーマンはしばらくことりを睨《にら》んでいたが、やがて顔を背けると、大股《おおまた》で横断歩道を渡り始めた。反対からの通行人に混ざって、すぐに姿が見えなくなる。

見物していた人たちのあいだに、ホッとした空気が流れた。パラパラと拍手が起こる。

「勇気あるなあ」という声が聞こえた。

「あのおっさん、最悪だな」

先ほど口をはさんだサラリーマンが、笑顔で話しかけてくる。日に焼けた肌に白い歯が光って見えた。

ことりは男を冷ややかに見据えると、「あの方、いつからタバコ吸ってました?」と質問した。

え、とサラリーマンが声を漏らす。

「私が来る前から吸ってましたよね」

「……そうだっけかな」

そうです、とことりは断定した。

「あなたも隣で嫌そうに顔をしかめてたじゃないですか。なのに、どうして注意しなかったんです？」

「どうしてって……」

「どうして注意しなかったんです？」改めてそう口にすると、ことりはその場にいる全員を見回した。

目が合うと、誰もが後ろめたそうに顔を伏せる。足早に立ち去る人も出始めた。反対側から来た人たちは、なにごとかと不思議そうな顔でことりたちを眺めている。

「助けてやったのに、そんな言い方しなくてもいいだろう」サラリーマンが不服そうに口を尖《とが》らした。「かわいくねえなあ」

「かわいくなくてかまいません。私が訊いてるのは、どうして注意しなかったのかってことです」

「できるわけねえだろ」

「どうして？」

「世の中はそういうもんなんだよ」

「あなたのような人が、世の中をダメにしてるんじゃないんですか」

「ガキが世の中、語ってんじゃねえ」

「人の尻馬《しりうま》に乗るしかできない人よりマシだと思いますけど」

「……俺のこと言ってんのか」

「失礼します」

　ことりは男を残したまま横断歩道を渡り始めた。しばらくして、「ムカつくな、ブス！」と吐き捨てるような言葉が、背後から浴びせられる。ことりは歩きながら、小さく息をついた。

　世間は、本当におかしなことばかりだ。間違っていることが、あまりにもあふれ返っている。世間だけではない。学校でも同じように理不尽なことがまかり通っていた。

　ことりのクラスでは、おかしな担任教師が幅を利《き》かせていた。羽田という二十六歳の若い男性教師が、生徒をあからさまに差別するのだ。ことりが小中と見てきた教師の中でも、その露骨さはずば抜けていた。羽田からの扱いに耐え切れず、ひと月近く、不登校になっている女子生徒もいる。

　それだけではなかった。ことりのクラスは、ほかにもさまざまな問題を抱えている。クラス委員として、悩ましいかぎりだった。

　大通りから右へ曲がると、住宅街の細道へと入っていく。しばらくして道はゆるい坂になり、それが階段へとつながる。そのダラダラと長い階段を上り切ると、私立西東京学園高等学校の正門だった。いつもどおり、正門にたどり着くまで誰にも会わなかった。

一緒に暮らしている従兄《いとこ》の大杉潤《おおすぎじゅん》からは、「サッカー部の俺より早起きなんだからなあ」といつもあきれ気味に言われている。潤は同じ西東京学園に通う三年生だった。

体育館の横を通り過ぎ、グラウンドを迂回《うかい》するアスファルトを歩いて校舎へと向かう。昇降口で、上履き用のスリッパに履き替えると、一年生の教室がある三階へと上がっていった。

そういえば、再来週は両親と姉の命日だ。伯父と伯母はもちろん覚えているだろうが、墓参りについては、ことりから切り出したほうがいいだろう。

真《ま》っ直《す》ぐに生きるんだ――。

家族三人を亡《な》くしたとき、ことりは心にそう誓った。あれから三年、あっという間だった気もすれば、ずいぶんと長かった気もする。四月に誕生日を迎えて、ことりは当時の姉の年齢を超えた。そう考えると、感慨深い気もする。

三階に到着すると、廊下を奥へと進んでいった。Ｄ組の教室は三階の突き当たりに位置している。スリッパの音が、誰もいない廊下に響き渡った。

ふと窓に映る自分の姿が目に入った。黒縁メガネをかけた痩《や》せっぽちの女子が、不機嫌そうな顔でこちらを見つめている。思わず視線をそらしてしまった。

ことりは自分の容姿が嫌いだった。つい周囲に厳しくなるのは、結局、そのせいなのかもしれない。

一年Ｄ組の教室に到着すると、ことりは扉の前で足を止めた。

とにかく、今、ことりがやるべきことは、クラス委員として、一年Ｄ組が抱える問題を一つでも多く解決することだ。

「さて――」と気合を入れるために自分で頬を叩《たた》く。

短く息を吐くと、扉を開けた。

2

灰色の雲が上空をおおっている。いつ降り出してもおかしくないほど、空気が湿気を帯びていた。長い階段を上ってきたせいか、額には汗がにじんでいる。

中庭の真ん中で足を止めると、永沢南《ながさわみなみ》はぐるりと周囲を見回した。窓から無数の目がこちらを見下ろしている。校内に侵入した異物を値踏みするような視線だった。

息苦しさを感じてしまう。それが視線のせいばかりでないのは、南自身が一番よく分かっていた。学校という空間にいるだけで、当時の記憶が蘇《よみがえ》ってくる。左の手首がうずいた。

「――どうした、お嬢ちゃん？」前を行く屋敷進一《やしきしんいち》が振り返ると、「現場を前にして日和《ひよ》ったかい？」とからかうように訊いてくる。

屋敷は田無署《たなし》の刑事課に所属する警部補だ。歳は五十前後、サングラスに白髪混じりのオールバックは、どう見ても堅気に見えない。

南は苦笑いした。

「こう見えても、一応、一課の刑事ですから」

「でも、大学出て、数年だろ」

「五年になります」

「だったら、慣れっこでもねえだろ。現場は片手ぐらいか？」

「もう少しあります」

南は強がって見せた。殺しの現場はこれが七回目だ。

「ほう」屋敷がニヤリとする。「いい度胸だ。よし、行くぞ」と先に立って歩き出した。

南はそのあとに続く。

本来なら、本庁一課の南が主導権を握るべきだ。しかし、南が所属している三係の班長、笹本《ささもと》から、「オヤジさんによく勉強させてもらえ」と言われている。かつて屋敷が本庁にいたころ、笹本とは同じ班にいたことがあるそうだ。

校舎に入ると、昇降口にいた制服警官が屋敷に向かって敬礼した。それから南を見て、不審そうに眉《まゆ》をひそめる。

「こちら、本庁の永沢巡査部長だ」屋敷が警官に向かって告げた。

警官が驚きの表情を浮かべる。

「ご、ご苦労さまです！」

「現場は上だな」

「は、三階になります」

階段を三階まで上ると、《一年D組》と書かれた教室へ向かった。中に入ると、何人もの鑑識課員が仕事をしている。教壇の上に、うつ伏せに倒れた男の死体があった。ポロシャツの背中が、血でどす黒く変色している。

「お疲れさまです」三十前後の胸板の厚い男が近づいてきた。小柄でずんぐりしている。南を見ると、「こちらは？」と屋敷に訊いた。

「本庁の永沢巡査部長だ」

「へえ、あんたが？」男が口元を歪《ゆが》めるように笑う。「いやあ、お会いできて光栄です。田無署の紺野《こんの》と言います。優秀だってお噂《うわさ》はかねがね聞いてますよ」

南は適当に笑みで返した。

「被害者は？」屋敷が尋ねる。

紺野が手帳を広げた。

「羽田勝、二十六歳、ここ私立西東京学園高校の国語教師です。一Dの担任でもあります。死亡推定時刻は深夜三時前後。背後から刃物で数か所刺され、うち一つが腎臓《じんぞう》に達しています。凶器は見つかっていません。財布や携帯電話は持ち去られています」

「どうしてそんな時間に学校にいたんだ？」

「分かりません。警備員も知らなかったそうです」

「第一発見者は？」

「最初に登校した女子生徒です。婦人警官をつけて、一階の応接室で待機させてます」

「分かった。ご苦労」

紺野が南を見てニヤニヤする。

「どうです？　ホシは分かりました？」

南は当惑した。

「……今ので分かるんですか」

「いやあ、優秀と名高い巡査部長殿なら、分かるのかと思って」

「……いいえ。分かりません」

「そりゃ残念」紺野があざけるように笑った。「じゃ、所轄《しょかつ》の僕は聞き込みに回ります。その優秀な頭でさっさと解決してください」

紺野はそう告げると、教室を出ていってしまった。

「──一階へ戻るぞ」

屋敷が歩き出す。南もあとに続いた。階段を下り始めてすぐ、屋敷があきれたように訊いてきた。

「なんで言い返さなかった？」

「……波風は立てたくないので」

「悔しくないのか」

「悔しくないと思いますか」

屋敷が肩をすくめた。

「そりゃそうだよな」

一年前、南は本庁の捜査一課に異動した。希望は出していたものの、まさか本当に異動できるとは思っていなかった。あとで聞いた話によると、笹本が引っ張ってくれたという。四谷署にいたとき、ある事件で笹本の班と行動をともにすることがあった。そのときの南の働きを評価してくれたらしい。

本庁の捜査一課は花形だ。希望者は腐るほどいる。南のような若い女が行ったことをおもしろく思わない人間は数多くいた。そのため、出向く先々で、先ほどのように所轄の刑事から冷ややかな対応をされることが多い。やっかみ半分で、南が笹本の愛人だという噂も飛び交っていた。

「少しぐらい言い返したって、バチは当たらんだろう」

「言い返せば、余計なネタを提供するだけです」

しばらく間があってから、屋敷が鼻を鳴らした。

「お嬢ちゃんも大変だな」

「大丈夫です。私には信念がありますから」

「信念？」

「弱い人に寄り添える警察官になることです」

ふーん、と屋敷が目を細める。

「弱い人に寄り添えるねえ……」

「馬鹿《ばか》にしてくださってもかまいません。でも、私が警察官になったのは弱者のためです。この信念があるかぎり、私は絶対に警察官を辞めません」

屋敷がふと笑いを漏らした。

「そういう青臭い台詞《せりふ》、わりと嫌いじゃないけどな」

「……え？」

「笹本がお嬢ちゃんに目をかけた理由が分かる気がするよ」

屋敷が階段を下りていく。南はあとを追いかけた。一階に着くと、先ほどの制服警官が南たちに向かって敬礼する。

「まずは校長に話を聞こう」

「第一発見者じゃなくてですか」

「最初に、被害者がどういう人物だったのか知っておきたい。それに、ボスに話を通しておくのは、捜査をやりやすくする基本だ」

「分かりました」

昇降口の横を抜けて、廊下を歩いていく。左へ伸びた通路の一番手前に《校長室》と書かれたプレートがついていた。ノックすると、「どうぞ」と男の声が返ってくる。

「失礼します」

ドアを開けて中に入った。奥の机に、五十代半ばのスーツを着た男性がこちらを向いて座っている。前髪が後退しているが、日に焼けた顔からはエネルギッシュな印象を受けた。

「田無署の屋敷です。こちらは本庁の永沢といいます」

「校長の泉田です。このたびはお騒がせして申し訳ない」

「お話を聞かせてもらってよろしいですか」

「どうぞ」泉田が部屋の中央に置かれたソファを示す。「今、お茶を入れさせます」と立ち上がろうとした。

「いや、けっこうです」

屋敷が泉田を制すと、ソファに腰を下ろした。南もその横に座ると、カバンから手帳とペンを取り出す。

泉田が机を回ってくると、南たちの向かいに座った。

「亡くなった羽田先生について聞かせてください」

「いい先生でした。やる気もあって、将来、どういう教師に育つのか、本当に楽しみにしていました」

「生徒からの評判はどうです？」

「よかったと思います。最初に担任を持ったときは、苦労してましたけど。今回は生徒の心をうまくつかんでいたみたいです」

「最初の苦労とは？」

「初めての担任がプレッシャーだったのでしょう。精神的に参ったようでした。そのため、私が指示して、一年間、休職させたんです。昨秋に復帰して、この四月から再び担任を持っていました」

「校長先生が羽田先生と直接話をする機会はあるんですか」

「彼は私の高校のラグビー部の後輩なんです。うちの学校に来たのもその縁でして」

ほう、と屋敷が身体を乗り出す。

「では、羽田さんのことにはお詳しいんですね」

「それなりには。彼は十一月に結婚する予定で、その仲人《なこうど》も頼まれていました」

「お相手は？」

「この学校の教師です。本橋優香先生と言います。美男美女でお似合いだったんですが残念です」

「なるほど」

屋敷がちらりとこちらを見た。目が合うと、南は小さく頷《うなず》いて見せる。重要な容疑者候補ということだろう。

「本橋先生は今どちらに？」

「保健室で休んでいます」

「出勤はされてるんですね」

「朝は普通に来たそうです」泉田がため息をつく。「気の毒な話ですよ。さぞかしショックを受けてるでしょう」

「今朝の本橋先生に変わった様子は？」

「特になかったと聞いています」

泉田の答えにはよどみがなかった。校長として、ひと通り、自ら情報を集めたのかもしれない。

「羽田先生本人から、最近、トラブルに巻き込まれたといった話は聞いてませんか」

まったく、と泉田が首を振った。

「羽田先生を恨んでいる人物に心当たりは？」

「ありません」

「婚約者の本橋先生とは、うまくいってましたか」

「私の目からはそう見えました」

「分かりました」屋敷が南を見る。「なにかあるか」

南は軽く咳払《せきばら》いをした。

「夜の校舎には誰でも入ることができるんですか」

「鍵《かぎ》さえあれば」

「先生方はみんな鍵を持っているんですか」

「もちろん」

「では、部外者が忍び込むのは？」

泉田は少し考えた。

「戸締りを忘れた入り口や窓があれば、できなくはないでしょう。ただ、警備員もおりますから、中の状況がある程度分かっていないと、難しいとは思います」

「分かりました。ありがとうございます」南は頭を下げた。

「よろしいですか」泉田が屋敷と南を交互に見る。

ええ、と屋敷が頷いた。

「お忙しいところ、すいませんでした」

「このあとはどうされます？」

「生徒も含めて、何人かの方に話を聞ければと思います。大丈夫でしょうか」

「自由にやってください」泉田が頷いた。「その代わり、一日も早く解決してくださると助かります。そうしないと、羽田先生も浮かばれませんから」

3

黒縁メガネにおかっぱ頭の少女は、背筋を伸ばした姿勢でソファに浅く腰かけていた。

「磯神ことりさんだね」屋敷が訊く。校長の泉田と話したときより、優しい声だった。

少女が頷く。南たち刑事を目の前にしても、動揺した様子はなかった。真っ直ぐにこちらへ向けた視線や、真一文字に結んだ唇からは、意志の強さを感じる。

第一発見者から話を聞くため、一階の応接室へ移動していた。六畳ほどのスペースに、応接セットが置かれただけの簡素な部屋だ。窓はすりガラスになっている。

「大丈夫かい？」屋敷が尋ねた。

ことりが不思議そうな顔をする。

「なにがです？」

「亡くなった羽田先生を見たんだろう」

ああ、とことりが納得したような表情を見せる。

「ショックを受けてないかって意味ですね。平気です」

そうか、と屋敷が頷いた。

「じゃあ、少し話を聞かせてくれるかい」

「はい」

屋敷が南を見る。準備はいいか、と目で訊いてきた。南はペンと手帳をかまえると、頷きで応《こた》える。

「君が羽田先生を見つけたときの状況を教えてくれ」

「教室に入ったら、羽田先生が教壇にうつ伏せで、顔を横に向けて倒れていました。身体の周囲には血だまりができていました」

「教室に到着したのが、何時か分かるかい？」

「七時過ぎです」

「先生を見つけたあとは？」

「駆け寄ろうとしましたが、やめました」

「どうして？」

「目を見開いてましたから。死んでるのはあきらかでした」

屋敷が頷く。

「それから、警備員を呼びに行ったんだね」

「そうです。一一〇番してもらいました」

「ところで、君は毎日そんなに早く学校に来てるの？」

「はい」

「どうして？」

「どうして？」ことりが眉をひそめた。「来てはいけませんか」

いやいや、と屋敷が首を振る。

「いけなくはないよ。でも、そんなに早く来て、なにをしてるのかなと思って」

「クラス委員ですから」

「関係あるのかい？」

「クラス委員は誰よりクラスのことを考えるべきです。早く登校するのもその一環です」ことりがソファに座り直した。「ところで、一つ、お訊きしたいことがあります」

「なんだい？」

「私は疑われているんですか」

一瞬、屋敷が黙り込んでしまう。

「……どうしてそう思うんだい？」と慎重な口調で訊いた。

「第一発見者は疑われるとよく聞くからです」

「理由はそれだけ？」

「そうです。でも、私はやっていません。アリバイを問われると、自宅で寝てたとしか言えませんが」

屋敷が苦笑いを浮かべた。

「第一発見者だからといって、我々もむやみに疑うわけじゃない。確認はさせてもらうけどね。犯行の時間も時間だ。しっかりしたアリバイがあるほうが、逆に疑わしいよ」

「そうなんですね」ことりが頷いた。「それでよければ、自宅に電話してください。伯母が証言してくれると思います」

「伯母さん？」

「私は伯母夫婦に引き取られているので」

「ご両親は？」

「三年前に他界しています」

屋敷が思い出すように目を細めた。

「……そういや、君の名字は磯神だったな」

「はい」

「もしかして、あの火事で生き残った子か？」

ことりが驚いた顔をした。

「ご存じなんですか」

ああ、と屋敷が頷く。

「うちの管内だったからね。私も少しだが捜査に参加した。あれは気の毒な事故だった。君もずいぶんと苦労しただろう」

いいえ、とことりが無表情に首を振った。

「伯母夫婦にはよくしてもらってますから」

「ならよかった」屋敷が笑みを浮かべる。「じゃあ、伯母さんにはあとで確認を取らせてもらうよ」

「お願いします」

「――ほかに、なにかあるか」屋敷が南へ視線を向けた。

はい、と頷くと、南はことりのほうを向いた。黒目がちな二つの瞳《ひとみ》が、メガネの奥からこちらを見つめている。

「羽田先生はいい先生だった？　悪い先生だった？」

ことりが目を見開いた。それから口元をゆるめると、「悪い先生でした」ときっぱり答える。

「そうなの？」

はい、とことりが頷いた。

「生徒によって、あからさまに態度を変える先生でした」

「どういうこと？」

「簡単に言えば、長いものに巻かれるタイプです」

「長いものって？」

「うちのクラスには、中心となる女子がいます。彼女の顔色をうかがい、彼女の機嫌を損ねないよう、それればかりに心を砕いている先生でした。逆に、《イジられキャラ》な生徒に対しては、自ら率先して、その《イジリ》に参加していました」

「イジリってのは、具体的にどういうことだい？」屋敷が訊いた。

「クラス全員の前で、馬鹿にしたり笑い者にすることです」

「教師が率先してそんなことしてたの？」

「そうです」

「そりゃひどいな」屋敷があきれたように言う。「まるで弱い者イジメじゃないか」

「それは違います」

「違う？」

「似たようなことは、どの教師でもやってます」

「弱い者イジメをかい？」

「生徒によって態度を変えることです。常識の範囲内であれば、普通にあることだと思います」

「問題はその程度でしょう」南は横から口をはさんだ。

そうです、とことりが首を縦に振る。

「羽田先生の場合は露骨すぎました。生徒から見ても、あきらかに贔屓《ひいき》が見えたからです。担任が率先してそういう態度を取ると、中心の子を頂点とするクラスのヒエラルキーはより強化されます。イジられキャラのポジションは固定化されてしまい、下位である彼らにはなにをしてもいいという空気がクラス全体に生まれます。一年D組は、中心の生徒たちにとっては大変居心地のいいクラスです。しかし、地味な生徒たちには、息が詰まるクラスになっています。すべては羽田先生のせいです」

「分かるわ」南は同意した。「教師の態度が、クラスでのイジメを助長してたのね」

「つまり、君が言いたいのはこういうことか」屋敷がことりを見つめた。「羽田を殺したいほど憎んでいた生徒がいたかもしれない」

「おそらくいたでしょう」

「心当たりはあるかい？」

「あっても言いたくありません」

なるほど、と屋敷がニヤリとする。

「告げ口はイヤか」

「生徒を事情聴取すれば分かることです」

「手間を省きたいんだ」

「お断りします」

「じゃあ、せめてお手伝いしてもらえない？」南は言った。

「お手伝い？」

「クラスの子たちから話を聞きたいの。でも、誰もがあなたみたいにしっかり話せるわけじゃない。だから、クラス委員としてその場にいてほしいの」

屋敷と目が合う。悪くない、というように頷いてくれた。

ことりはしばらく南を見つめていた。

「それは生徒が嘘《うそ》をつきにくくするためですか」

やはりことりは頭の回転が速い。同席を頼んだのは、刑事相手ならごまかそうとする生徒でも、普段を知るクラスメイトがいれば、嘘をつくことに抵抗を感じるのではないかと考えたからだ。

私ね、と南は口を開いた。

「高三のとき、担任のせいでイジメにあってたの」

ことりが意外そうに眉を上げる。

「……そうなんですか」

ええ、と南は頷いた。

「殺された羽田先生と同様、その先生も典型的な長いものに巻かれるタイプだった。クラスの中心だった男子にいつも媚《こ》びてたね。ある日、私はその男子が渡り廊下でタバコを吸ってる場面に遭遇したの。でも、そのときはなにもしなかった。そしたら、後日、別の男子が渡り廊下で喫煙していたとして停学になったの。気の弱いその子が喫煙をしたとは、私にはとても信じられなかった。何人かの目撃情報から彼にたどり着いたって話だったけど、クラスの中心だった男子生徒に罪を着せられたのは間違いないと思った。だから、私は自分が見たことを担任に伝えたの。タバコを吸っていたのは、その男子生徒だったってね」

確かに、担任の山下耕介《やましたこうすけ》は長いものに巻かれるタイプだった。しかし、それでも南は山下を信用していた。間違った生徒に処分を下したと分かれば、ちゃんと対処してくれると信じていた。

「私から話を聞いて、担任はその男子生徒に確認した。もちろん、その子は認めない。当然よね。でも、普通は、さらに持ち物検査をしたりするでしょう。でも、担任はなにもせずに、あっさりと引き下がったの。ロクに根拠もないまま、吸ってないという本人の主張を全面的に認めたのよ」

南は苦笑いした。

「もともと担任に彼の罪を暴くつもりはなかったのね。それどころか、なんで疑ったんだと彼に凄まれて、私からの目撃情報があったからだと伝えたの。ひどいでしょう」

「それはまずいな」横で屋敷が顔をしかめた。「証言者の身元を犯人に伝えるのと一緒じゃないか」

「よっぽど、その男子に嫌われたくなかったんでしょうね」南は肩をすくめた。ことりに向き直る。「それをきっかけにして、私へのイジメが始まったの。つまりね、私にとってサイアクな教師に苦しめられてる生徒のことは他人事じゃないの」

――すまない。本当にすまない。

泣きながら、ひたすら謝る山下の様子を思い出す。

「刑事さん、その担任を殺したいと思いませんでした?」

物騒な問いかけをされて、南はぎょっとしてしまった。

「……殺したい?」

「教師に追い詰められたら、そんな気になっても、おかしくないと思います」

「……思わなかったと言ったら、嘘になるわね」

南は無意識に左の手首に触れていた。山下に対して、そう思ったことはある。しかし、理由は、イジメのきっかけを生み出したからではない。別の絶望を与えられたからだ。

ことりはしばらく南を見つめていた。

「今の話、私を信用させるためにしたんですか」

ええ、と南は素直に答える。

「あなたのクラスメイトを傷つけたいわけじゃないことが分かってほしくて。でも、作り話じゃないわ。本当のことよ。どう？　手伝う気になってくれた？」

「そうですね」ことりが笑みを浮かべた。「そこまで告白してくれたのに、無下に断るのも気が引けますから。私にできることであれば、お手伝いさせていただきます」

4

「――あーもう、マジでダルいんですけど」

化学室中に聞こえる声で、和木麻耶《わきまや》が不機嫌そうに言った。実験用のテーブルに突っ伏して頬をつけている。

「ホントだよねえ」麻耶の隣に陣取った森本千里《もりもとちさと》が、すかさず同意した。「あたしたち、なんにも関係ないのにさあ」

「しょうがないよ」千里の向かいに座る千代田和成《ちよだかずなり》が、笑みを浮かべる。気取ったように前髪を跳ねのけた。「殺されたのが、僕たちの担任だからね」

「千代田に言ってないから」千里がうんざりしたように答えた。キレイに整えられた眉がへの字に歪む。

「てかさあ、なんで化学室なの?」麻耶が相変わらず大声で告げる。上体を起こすと室内を見回した。「麻耶、化学室キライなんだけど。クスリくさくて、マジで死にそう」

教室の前方には、化学教師の鈴木《すずき》卓也《たくや》が座っていた。麻耶の声を聞くと、肩がビクリと震える。落ち着きなくメガネを直して、読んでいる本からは顔を上げようとすらしなかった。

「ねえ、美奈子《みなこ》もそう思うでしょ?」

麻耶がこちらを向いた。正面から見ると、顔の小ささがひときわよく分かる。そのくせ、パーツの一つ一つがはっきりしていた。特にネコのようにクリクリした目は、女優である麻耶の母、矢沢萌子《やざわもえこ》にそっくりだ。

「そうだね」涌井《わくい》美奈子は適当に調子を合わせた。「薬品のにおいって、気分悪くなるもんね」

でしょう、と麻耶が鼻を鳴らす。

「麻耶がヘンになったら、誰が責任取ってくれるのお?」

「すまないねえ、和木さん」鈴木が愛想笑いを浮かべた。「もしそんなことになったら、僕が校長にちゃんとかけあうから」

担任が殺害されたにもかかわらず、嘆いているクラスメイトはまったくと言っていいほどいなかった。美奈子自身も悲しいという気持ちはない。テレビで知らない誰かが殺されたニュースを聞くのと、正直、変わりなかった。少々かわいそうな気もしたが、羽田の自業自得《じごう》だとも思う。日ごろの行いがよくなかったということだ。

後方のドアが開いた。気だるそうに入ってきたのは、牛尾《うしお》健人《けんと》だった。茶色がかった髪をかき上げながら、こちらへやってくる。横を通り過ぎたとき、わずかにタバコのにおいがした。当然のように麻耶の隣に腰を下ろす。

「どこ行ってたのぉ」牛尾の肩に頭を預けながら、麻耶が甘えるように訊いた。

「ちょっとな」牛尾が片方の口角を上げて笑う。

牛尾は年上の大学生と、《ボウズヘッド》というロックバンドを組んで、ボーカルとギターを担当していた。美奈子も一度ライブを観《み》に行ったことがあるが、確かにステージで歌う牛尾はカッコよかった。麻耶が夢中になるのも分かる気がする。

「こんなときにコソコソしてると、疑われちゃうぞ」麻耶が茶化すように言った。

「あり得ねえよ」牛尾が鼻で笑う。「俺が羽田を殺すわけねえだろ。殺しそうな奴《やつ》なら知ってるけど」

「誰、誰？」

「麻耶も分かってんだろ」

「えー誰だろ」麻耶がわざとらしくとぼけた。

「分かる奴いる？」牛尾が周囲を見渡す。

はい、と素早く手を挙げたのは千里だった。

「森本さん」牛尾が指名する。

「あそこのチビとデブです」

千里が示したのは、教室前方の右奥だった。全員が一斉にそちらを向く。視線の先では、二人の女子生徒がぽかんとしていた。

「理由はなんでしょう？」

「チビとデブは、羽田にちょー虐《しいた》げられてたからです」

「ピンポン、ピンポーン」牛尾が手を叩く。「森本さん、大正解です。座布団《ざぶとん》を二枚差し上げます。はい。みなさんも拍手ぅ」

パラパラと拍手が起こる。

「ありがとうございまーす」千里がどこにもない座布団を押しいただくフリをした。

チビと呼ばれた山内忍《やまうちしのぶ》が、耐えかねたように顔を伏せてしまう。一方、デブと呼ばれた酒田藍子《さかたあいこ》は、ヘラヘラと笑いながら、みんなと一緒に拍手をしていた。

二人を見ていると、本当に気の毒だと思う。美奈子だって、忍や藍子と同じ立場になっていた可能性は充分にあった。ならなかったのは、たまたま出席番号が麻耶の次だったからだ。入学初日、振り向いた美少女が「友だちにならない？」と話しかけてくれたからに過ぎない。あれがなかったらと思うと、正直、ぞっとする。

　しかーし、と牛尾が続けた。

「正解はそれだけではありません。ほかにも——」と言いかけて、「ん？」と眉をひそめる。「あれ？　穴クソの野郎、どこにいんの？」と千代田に訊いた。

「さっきイソジンちゃんに呼ばれて出てったよ」

「どうしてイソジンちゃんが穴クソ呼び出すんだよ」

「警察の事情聴取とか言ってた」

「マジで？」牛尾が大声を上げた。

「どうしたの？」麻耶が不思議そうに訊く。

「サツがわざわざ呼び出して事情聴取してんだぞ。穴クソが羽田を殺《や》ったってことじゃねえのか」

「イソジンちゃんは順番に呼びに来るって言ってたけど。全員が警察から話を聞かれるみたい」

　牛尾がきょとんとする。

「全員？」

「出席番号順だって」

「俺も?」

「そりゃそうでしょ。健ちゃん、早いから次じゃないの」

「やべ」牛尾があわてたように自分のにおいを嗅《か》いだ。「俺、タバコのにおいしねえか」

「ちょっとしてる。麻耶好きだよ、このにおい」

「そんなこと言ってる場合じゃねえだろ。なあ、麻耶、香水持ってないか」

「あるけど」

「貸してくれ」

麻耶がカバンから小瓶を取り出す。

「はい」と牛尾に渡した。

牛尾が急いで手首に香水をつけてから、制服のいたるところになすりつける。甘ったるいにおいが周囲に広がった。

前方の扉がそっと開いた。おそるおそる顔をのぞかせたのは、穴口学《あなぐちまなぶ》だった。銀縁メガネの奥の目が、おどおどと室内をうかがう。

「お、穴クソじゃねえか」

牛尾が立ち上がって、穴口へと近づいていった。穴口があわてて逃げようとしたが、牛尾が肩に手を回すほうが早い。半ば引きずるように、化学室の中へと連れ込んだ。

「どうだ、自白したのか」牛尾が穴口の顔をのぞき込んだ。

「あ、いや、僕は……」

「おまえが羽田のこと殺ったんだろ。やるじゃん、歯医者の息子」

「ち、違います！　僕は、そんなこと――」

「正直に言えって」

牛尾が穴口の身体を揺さぶった。穴口は身長が一六〇センチに満たない。二人が並んでいると、高校生が中学生に絡《から》んでいるようにしか見えなかった。

「いいじゃねえか。けっこう感謝してる奴いると思うぜ。酒田とか山内とか、山内とか酒田とか、酒田とか山内とか」

「二人しかいないじゃん」

麻耶が突っ込むと、笑いが起こった。千里と千代田も笑っている。美奈子もあわせて笑っておいた。穴口が恨めしそうな目でこちらを見てくる。美奈子はさりげなく顔を背けた。

「麻耶はほかにも感謝してる人いると思うけどなあ」麻耶が悪戯《いたずら》っぽく言った。

「誰だね、言ってみたまえ」牛尾が澄ました調子で促す。

「鈴木先生」

「ぼ、僕？」鈴木があきらかに動揺した様子で目を丸くした。

だってえ、と麻耶が身体をくねらせる。

「優香ちゃん奪われて、羽田にムカついてたでしょう」

「ぼ、僕は、そんな……」

「隠さなくていいって、鈴木せんせ」麻耶がウィンクした。「でも、だからって、優香ちゃんは先生には絶対来ないと思うけど」

再び、室内に笑いが起こった。鈴木は顔を真っ赤にしている。唇を噛《か》みしめて、手にした本を強く握り締めていた。

「――牛尾くん」

落ち着いたよく通る声が響いた。

途端に、水を打ったように静まり返る。前の扉のところに、クラス委員である磯神ことりが立っていた。

「お、イソジンちゃん」牛尾が声をかける。「イソジンちゃん、第一発見者なんだって。どうだった？」

牛尾くん、とことりがもう一度告げた。

「次はあなたの番」

「俺？」

「下で警察が待ってる」

「ああ、そういうこと」牛尾がクラスメイトを見回して肩をすくめる。「じゃあ、自首してくるわ」

再び、笑いが起こった。

美奈子も一緒になって笑いながら、穴口の様子をうかがった。ことりがなにかを告げている。穴口が驚いた顔で、「僕に?」と小さく訊き返す声が聞こえた。

＊＊＊＊＊＊＊＊＊＊＊＊＊＊＊＊＊＊

いいこと教えてあげる。

涌井美奈子の小学校時代の名字は小日向なの。

小日向美奈子――聞き覚えない?

＊＊＊＊＊＊＊＊＊＊＊＊＊＊＊＊＊＊

5

「――へえ、応接室ってこんなふうになってるんだあ」少女が部屋に入ってきた瞬間、ふわりといい香りが漂った。「応接室なんて言うから、もっと豪華かと思ってた」

少女が南と屋敷を交互に見て、にっこりと笑う。男女問わず、今の笑顔だけでかなりの大人がこの少女の虜《とりこ》になるだろう。完璧《かんぺき》な笑顔だった。美少女と呼ぶにふさわしい。

和木麻耶――それが少女の名前だった。学校から提供された資料には、母親が女優の矢沢萌子だと書かれている。そう思って見ると、目元が母親によく似ていた。

「座って」南はテーブルをはさんで、向かいのソファを示す。

和木麻耶は言われたとおり、ソファに腰を下ろした。ひざ丈のスカートがふわりと広がると、遅れて膝《ひざ》に落ちる。

「イソジンちゃんはこっちじゃないの？」麻耶が窓際《まどぎわ》のパイプ椅子《いす》に着いた磯神ことりに声をかけた。

「私はもう終わってるから」ことりが答える。

「じゃあ、どうしているの？」

「一人だと緊張する子がいるかもしれないから。和木さんは大丈夫だと思うけど」

「えー麻耶だって緊張してるよ。刑事さんなんて初めてだもん」麻耶が南たちを見て、笑みを浮かべる。

南は自分の学生時代を思い出していた。どこにいっても、こういうタイプの生徒が、必ずクラスに一人はいた。そして、そういう生徒を頂点として、クラスの序列は形成される。高三のとき、南はその最下層に追いやられた。そのせいで——。

「——羽田先生について教えてくれないか。どんな先生だったんだい？」屋敷が麻耶に向かって質問した。

んー、と麻耶が唇に人差し指を当てる。

「麻耶にとっては、いい先生でしたよ。すっごい優しかったし、いっつもどうしたいか聞いてくれたし、なにしても怒らなかったし」

「みんな、そう思ってるのかな」

まさか、と麻耶が笑った。

「うちらのグループだけです」

「うちらのグループとは？」

「千里と美奈子と健ちゃん」

「森本千里さんと涌井美奈子さんと牛尾健人くんです」磯神ことりが補足すると、「千代田和成くんも和木さんたちのグループでしょう」と麻耶に向かって言った。

「ああ、千代田ね」麻耶が小馬鹿にしたように口を斜めにする。「まあ、入れてあげてもいいけど」

屋敷が質問を続けた。

「どうして君たちだけがそう思ってるのかな」

「刑事さん、わざとらしー」

「わざとらしい?」

「もうほとんどの子から、話、聞いてるんですよね。だったら、どうしてかなんて、よく分かってるんじゃないですかあ」麻耶が屋敷の顔をのぞき込む。

屋敷は表情を変えなかった。

「君の口から聞きたいんだ」

「麻耶たちばっか贔屓してたからです」麻耶はあっさりと答えた。「でも、それって麻耶たちのせいじゃないですよ。羽田が勝手にやってたんです」

「ほかの生徒たちは、それをどう思ってたんだい?」

「そりゃ、おもしろくなかったんじゃないですか。だよねえ、イソジンちゃん」

ことりは肩をすくめただけで答えなかった。

でもお、と麻耶が不敵な笑みを浮かべる。

「仕方なかったんです」

「仕方ない?」

「だって、あのクラスの中心は麻耶ですから。担任として、麻耶の意見を優先するのは、当然でしょう」

和木麻耶のグループが羽田から特別視されていたことは、これまでの生徒の話から、すでに分かっている。あきらめたように言う者や腹立たしげに訴える者などさまざまだったが、ほとんどの生徒が麻耶の言ったとおり、「仕方ない」と捉《とら》えているようだった。

「でも、羽田ってちょっとやり過ぎだったんですよね。だから、ほとんどの子は全然悲しんでないと思います。自分のこと見てない教師なんて、ぶっちゃけ興味ないですもん。死んだって聞いても、みんな、あ、そうって感じで」

それは南も感じていた。大半の生徒は羽田が死んだことに対して、それほど関心がない様子だった。あまりいい教師ではなかったらしいが、さすがに気の毒な気がした。

「君はどうだい？　悲しくないのかい？」屋敷が訊いた。

「はい。麻耶も全然です」

「どうして？　君をかわいがってくれてたんだろう」

「向こうが勝手に媚びてただけです。そんな先生、好きになります？　むしろ――」麻耶が鼻で笑った。「軽蔑《けいべつ》してました」

怖いぐらいにドライだと思った。普通、軽蔑していたのなら、もっと嫌ってもいいはずだ。しかし、麻耶は羽田を遠ざけるのではなく、自分の後ろ盾としてうまく利用していた。こういう立ち振る舞いは、きっと天性のものだろう。

ことりの様子をうかがう。メガネ越しに、和木麻耶をじっと見つめていた。顔にはまったく表情がない。

ことりは麻耶のことをどう思っているのだろう。臆《おく》している様子はないが、特に仲が良いわけでもなさそうだった。ほかの生徒と同様、「仕方ない」と諦《あきら》めているのかもしれない。

逆に、と麻耶が含み笑いをした。

「喜んでる人は多いと思いますよ」

「誰だい？」

「えー麻耶の口から言うんですかあ。なんかチクるみたいでヤダなあ。イソジンちゃん、言っていいの？」

ことりは答えなかった。訊き方はさまざまだが、屋敷はほかの生徒にも羽田を嫌っていた者に心当たりがないか、必ず質問している。そのたび、ことりは沈黙を貫いていた。

「イソジンちゃんが止めないなら、言っちゃうからね」麻耶が続ける。「麻耶が思うに、穴口学と酒田藍子と山内忍かな。しばらく来てないけど、北野波留《きたのはる》もそうかも」

その四人は、ほかの生徒からも名前が上がっていた。クラスで《イジられ役》の生徒だという。羽田からさんざんからかわれ、馬鹿にされていたそうだ。そのせいで、北野波留はひと月前から学校に来ていないという。いわゆる不登校というやつだった。

「でも、やっぱ一番怪しいのは鈴木かな」

「鈴木？」屋敷が眉をひそめる。「誰だい、それは？」

南は一年D組の名簿を改めて確認した。《鈴木》という名字の生徒はいない。ほかのクラスの名簿を手に取ろうとした。

「生徒じゃないですよ」麻耶が笑う。「化学の鈴木です。今、うちのクラスを見張ってます」

「先生か」屋敷が納得したように言った。「どうしてその先生が羽田先生を恨むんだい？」

「鈴木って優香ちゃんが好きだったんですよね」

「優香ちゃん？　本橋先生のことか」

そうそう、と麻耶が頷く。

「羽田と優香ちゃんが婚約して、鈴木の奴、メッチャ怒ってたらしいんですよね。ネットに『殺す』って書き込んでた噂もありますし。あの人、電波っぽいから、平気で人ぐらい殺しそうじゃないですかあ。麻耶の推しメンは鈴木です」

麻耶の事情聴取が終わり、ことりと一緒に応接室から出ていくと、屋敷がふっと息をついた。皮肉めいた笑みを浮かべる。

「芸能人のガキが……」

「え？」

なんでもない、と首を振って、屋敷がクラス名簿を手に取った。

「次の涌井美奈子で最後だな。お嬢ちゃん、ここまででどう思う？」

「どう、ですか？」

「不登校の北野波留以外、名前の出てきた三人には会っただろう。お嬢ちゃんの印象はどうだ。あの三人が羽田を殺ったと思うか」

南は手帳に視線を落とした。三人の名前を目で追いかける。

「――ぼ、僕は、ザマアミロと思ってます」口元をひくつかせながら、笑みを浮かべたのは穴口学だった。「は、羽田は、自業自得です。ぼ、僕は、犯人に感謝します」

「――あたしじゃありませんから！」半べそ状態で訴えてきたのは、酒田藍子だった。

「たぶん、みんなはあたしや忍がやったって言うと思うんです。でも、あたしはやってません。絶対に、絶対に、やってません！」

「――すごくショックです……」下を向いたまま、肩を震わせていたのは山内忍だった。

「確かに、先生のことは、あんまり好きじゃなかったですけど、殺されたらやっぱりショックです……」

南は首を横に振った。

「分かりません。印象だけなら、三人に人が殺せるとは思えません。でも、人は追い込まれると、なにをするか分かりませんから」

南自身、そういう経験があった。高三のとき、切羽詰まって、殺すつもりで人に刃物を向けたことがある。自分がそんなことをするとは、そのときまで想像したこともなかった。

「冷静な判断だ」屋敷が頷く。「安心したよ」

「安心？」

「お嬢ちゃんは弱者に寄り添う警官になりたいらしいからな」

「関係あるんですか」

「じゃあ、一つ、お嬢ちゃんに質問だ」屋敷が意地の悪そうな表情を見せる。「生徒が犯人だったと仮定してみるぞ。その場合、被害者は教師、加害者は生徒ということになる。このとき、お嬢ちゃんにとっての弱者はどっちだ？」

南は言葉に詰まってしまった。思いあまった生徒が羽田を殺したとしたら、自分はどちらに寄り添えばいいのだろう。どうしたいのかなら、即答できる。しかし、それは警察官としての正義には反する考え方だ。

南が黙っていると、屋敷が笑みを浮かべた。

「この仕事を長くしてるとな、なにが正しいのか分からなくなるときがある。お嬢ちゃんのようなタイプは特にそうだろう。そのとき、道を間違えるんじゃないぞ。道を間違えると——」屋敷が口元を歪めた。「あっという間に、闇《やみ》に飲み込まれちまうからな」

6

「——先生」

保健室の扉ががらりと開いて、一人の男子生徒が顔を出した。南たちを見て、ぎょっとした表情を浮かべる。前髪の長い小太りな生徒だった。事情聴取した一Dの生徒であることは分かったが、名前がすぐには思い出せない。

「ああ、千代田くん」と応じたのは、養護教諭の黒川《くろかわ》サキだった。

そう聞いて思い出す。中心人物の一人として名前が上がった千代田和成という生徒だった。

サキは立ち上がって扉の側まで行くと、「はい」と千代田に封筒を手渡す。千代田は封筒をしげしげと眺めてから、「誰からです?」と小声でサキに尋ねた。

さあ、とサキが首をかしげる。

「戻ってきたら机にあったの」

千代田が再び封筒に視線を落とした。

「そうですか……」と答えた顔はわずかに上気している。「じゃあ、どもです」と告げると、保健室から出ていった。

「――失礼しました」

サキは戻って来ると、再びベッドに起き上がった本橋優香の隣に腰を下ろした。身体を支えるように背中に手を回す。

本橋優香は肩を落としてぼんやりしていた。青白い顔の中で、泣き腫《は》らした目だけが赤く充血している。

「先生、大丈夫ですか」一緒に来た磯神ことりが声をかけた。

ええ、と本橋優香が力のない笑みを浮かべる。すっかり憔悴《しょうすい》し切っているが、それでも美人なのはよく分かった。羽田と並んだら、お似合いのカップルだっただろう。

「無理しないほうがいいと思いますよ」

「ありがとう、磯神さん。でも、大丈夫」

「すいませんが、なるべく手短にお願いしたいんですけど」

黒川サキが屋敷に告げた。茶色がかった髪を後ろで束ね、丸い童顔に細いフレームのメガネをかけている。歳は南より少し下、短大を出て一、二年といったところだろう。

分かりました、と屋敷が頷いた。

「ただ、婚約者だった本橋先生の証言は、我々も非常に重要視しています。犯人の早期逮捕のためにも、可能なかぎりご協力いただけると助かります」

「もちろんです」優香が答える。「私に答えられることであれば、すべてお答えします」

と言ってから視線を伏せた。「それが、羽田くんのためでもあると思いますので……」

　南が手帳を開くのを確認して、屋敷が質問を開始する。

「事件を知ったのはいつですか」

「学校に着いたときです。ほかの先生が携帯に連絡をくれていたようですが、気づきませんでした。学校に来ると大騒ぎになっていて、パトカーも来ているので、なにごとかと思ってたら、校長先生がきて――」優香の瞳がみるみる潤《うる》みだす。「どうやら、羽田くんが、殺されたらしい、と……」

「そのとき、私も側にいました」黒川サキが補足した。「本橋先生がショックで座り込んでしまったので、ほかの先生たちと協力して、保健室まで連れてきたんです」

「それからはずっとここに？」

　はい、と優香が自分で答える。

「黒川先生が付き添ってくれました」

「羽田先生と最後に会ったのはいつです？」

「土曜日の夜です。うちで一緒に食事をしました」

「そのあとは？」

「彼は自宅に帰りました」

「泊まらなかったんですか」

「日曜は朝からサーフィンに行くと言ってましたので」

「週末なのに一緒に過ごさなかった？」

「そういうときもあります。お互い、あまり束縛しないようにしていましたので」

なるほど、と屋敷が頷く。

「土曜の夜、羽田先生はどんな様子でした？」

「どんなって……いつもどおりでした」

「変わったところはありませんでしたか」

「なかったと思います」

「その日、お二人ではどんな話をしたのでしょう」

「普通のことです。学校や式場のこととか」

「ケンカするようなことはなかったですか」

「……あのう、刑事さん」優香が探るような目で屋敷を見る。「それが事件と関係あるんでしょうか」

分かりません、と屋敷が首を振った。

「ただ、被害者の直前の状況を把握することは、事件の解決に役立つことも多いので」

優香がため息をつく。

「実は、式のことで、少しだけ揉《も》めました」

「ほう。どんなふうに?」

「彼が急に延期したいと言い出しまして……」

「どうしてです?」

「準備が間に合いそうにないからと」

「でも、あなたは延期したくなかった?」

優香が唇をなめた。

「最初は驚いて反対しました。でも、最終的には彼の意見に賛成しました」

「どうして?」

「彼の言うとおり、準備が間に合いそうにないと思ったからです」

「でも、式は十一月と泉田校長にお聞きしてます。今月末からは、夏休みですよね。それでも間に合わないと?」

「夏休みは、部活やらなにやらでお互いに時間がとられるんです。二学期はなにかと行事も多いですし」

「それで延期しようと?」

ええ、と優香が目を伏せたまま頷いた。

「婚約解消とは違うんですか」

違います、と優香が顔を上げて、屋敷を真っ直ぐ見た。青白かった頬に赤味が差す。

「延期しただけです」

分かりました、と屋敷が頷いた。

「本当ですからね」優香がむきになる。「来年には改めて式を挙げようと、話し合って決めたんです。校長先生にも、今日、伝える予定でいました」

「証明できます？」

「それは……」優香が顔を背ける。「二人で話しただけですから」

「つまり、証明できない？」

「……まあ、そうです」

「あのう、刑事さん」黒川サキが口を開いた。「そろそろ、本橋先生を休ませてあげたいんですけど」

「そうですね」屋敷が笑みを浮かべる。「では、もう少しだけお聞きして終わりましょう。では、本橋先生、羽田先生はなぜあの時間に教室にいたんだと思います？」

「分かりません」

「普段から、そんなに朝早く、学校にいることがありましたか」

「なかったと思います」

「我々は、羽田先生が誰かに呼び出されたのではないかと考えています。彼を呼び出した人物に心当たりはありませんか」

「そんな時間に学校ですよね。さすがにありません」

「あなたが呼び出したわけではない？」

「私が？」優香が目を見開く。「どうして私がわざわざ彼を呼び出すんです？」

「違うんですか」

「違います」

「では、質問を変えましょう。羽田先生を恨んでいた相手に心当たりはありませんか」

「ありません」

ほう、と屋敷が口元をゆるめた。

「意外ですね」

「……意外？」

「羽田先生は、一部の生徒から恨みを買っていたと聞いたもので」

一瞬、優香が迷うような表情を見せる。

「私は――」と口をはさんだのは、黒川サキだった。「そんな話は一度も聞いたことがありません。むしろ、羽田先生は生徒から人気があったと聞いています」

「人気ですって？」屋敷があきれた笑いを浮かべた。「我々は先ほど、一Dの生徒から話を聞いたんですがね」と扉近くに立っている磯神ことりを見る。「そういった話は、一人や二人からではありませんでしたよ」

「私は知りません」黒川サキがむきになって反論した。「保健室にそういった話が持ち込まれたことは一切ありません」

黒川先生、と南は声をかけた。

サキがこちらを向く。

「羽田先生のことがお好きだったんですか」

サキが目を見開いた。

「まさか」と優香を見た。「本橋先生がいらっしゃるのに」

「じゃあ、どうして羽田先生のことをかばうんです？」

「かばってなんかいません。本当のことを言っているだけです」

もしかして、と南はサキの顔を見据えた。

「先生がかばおうとしてるのは生徒ですか」

サキの口元がピクリと反応する。

「私は別に……」と目をそらしながら言葉を濁した。

「羽田先生を恨んでいた生徒がいると分かったら、その生徒に容疑がかかるからじゃないんですか。だから、そんな話は知らないと嘘をついたんじゃないんですか」

サキは答えなかった。

「そうなんですね」南は声を和らげる。笑みを浮かべながら、「心配しないでください」

と告げた。「私たちだって、むやみやたらに疑うわけじゃありません。でも、疑いを晴らすためには、正確な情報が必要なんです。嘘は私たちを余計に疑心暗鬼にさせるだけです。恨んでいたからといって、即犯人だと決めつけたりはしません。私たちを信じてください」

サキはしばらく南を見つめてから、「私は本当に知りません」と硬い表情でゆっくりと首を振った。

屋敷が苦笑いを浮かべながら、優香のほうを向く。

「本橋先生はいかがです？　先生も同じ意見ですか」

優香が顔を背けた。

「……私も、そういった話は、聞いたことがありません」

屋敷が南に向かって、やれやれと肩をすくめた。

7

「――失礼しました」

ことりが校長室をあとにしようとすると、磯神くん、と泉田が呼び止めてきた。

下げかけた頭を上げると、「なんでしょう？」と訊き返す。

泉田はしばらく躊躇《ためら》っている様子だった。いつもの押し出しの強さが影をひそめ、どこかしょぼくれたように見える。やはり、校内で起こった殺人事件がこたえているのだろう。

泉田が上目づかいでことりを見た。

「君は警察の事情聴取に付き合っていたんだろう」

「はい」

「それで、そのだな、実際のところはどうなんだね」

泉田がなにを言わんとしているのかはすぐに分かった。

「現時点で、容疑者と特定された人はいないと思います」

「そうか」泉田がホッとした表情を見せる。で、と声をひそめて続けた。「君の印象ではどうだ?」

「どうとは?」

「誰かそれらしい相手はいたか」

本橋優香の顔が真っ先に浮かぶ。さまざまな状況から考えて、警察が優香を第一に疑っているのは間違いないだろう。しかし、自分が受けた印象を、わざわざ泉田に伝える必要はない。

分かりません、とことりは首を振った。

「私は横で話を聞いていただけですから」

「まあ、そうだろうな」泉田が頷く。「なにか分かったら、私にも教えてくれ。じゃあ、北野くんの件はよろしく頼む」

分かりました、とことりは答えた。

「では、失礼します」と今度こそ校長室をあとにする。

廊下を歩いて昇降口のほうへ向かった。

表に、屋敷進一と永沢南の姿が見える。屋敷は手でパタパタと顔をあおいでいた。南は携帯を耳に当てて、電話をかけている。

屋敷がことりに気づいた。

「どうだった?」

「校長のオーケーをいただきました」

そうか、と屋敷が満足げに頷く。

ことりが校長室へ行ったのは、不登校になっている北野波留の自宅まで、二人の刑事を案内する許可をもらうためだった。屋敷からついて来てくれないかと頼まれたからだ。

「少し待っててもらえますか。カバンを取ってきます」

「分かった」

ことりは来た廊下を戻ると、途中にある階段を上り始めた。階段を上りながら、保健室での出来事を思い出す。なにより印象に残っているのは、黒川サキの態度だった。

二階、三階と通り過ぎた。どの階も驚くほど静まり返っている。職員室の上に当たるこの部分には、美術室や音楽室といった部屋が集められていた。一年D組以外、自分たちの教室にいるからだろう。

四階に到着すると、急に辺りが騒々しくなった。正面の教室から、生徒たちの声が漏れ聞こえてくる。ことりは《化学室》とプレートのついたその教室の扉を開けた。

水を打ったように教室の中が静まり返る。全員の視線が、ことりに集中した。少し居心地の悪さを感じる。

「ねえねえ、イソジンちゃん」と声をかけてきたのは、和木麻耶だった。「犯人って誰だか分かった?」

さあ、とことりは肩をすくめる。

「私、警察じゃないから」

「でもさ、ずっと一緒に話を聞いてたんでしょ。だったら、誰がやってそうかは分かるんじゃないの」

「まさか。そんなの分かるわけない」

「じゃあさ、イソジンちゃんの勘でいいから教えて」麻耶がクラスメイトを見回した。

「イソジンちゃんは誰がやったと思う?」

麻耶には、何人か言ってほしい名前があるのだろう。表情を見ているだけで、それが伝わってきた。

ことりは短く息を吐く。真っ直ぐに麻耶を見つめた。

「私の勘でいいの？」

「もちろん」

「私の勘では、この学校の関係者じゃないと思う」

麻耶が不服そうな顔を見せる。

「どうして？　どう考えても関係者でしょ。麻耶の推しメンは鈴木なんだけど」

教室の前に座っている鈴木が怯《おび》えた表情を浮かべた。

「推しメンって！」森本千里が手を叩いて笑う。

「私の勘でいいんでしょう」ことりはほほ笑んだ。「だったら、この学校の関係者じゃない気がした」

「根拠は？」

「だから、勘だって」

麻耶が顔を背ける。舌打ちが聞こえた。

麻耶がことりを快く思っていないのは常に感じている。麻耶の意にそぐわない行動をする生徒が、このクラスでことり以外にいないからだ。それでも、ほかの《イジられ役》のように麻耶から扱われないのは、三年に従兄の大杉潤がいるからだろう。いくら麻耶でも、三年を敵に回すのは避けたいらしかった。ほかのクラスメイトから麻耶に逆らう異端児として距離を置かれていたが、ことりはそれでいいと思っている。

ぐるりと教室を見渡した。声を大きくして言う。

「みなさん、今日はもう帰っていいそうです」

8

「――羽田の奴、ざまあだよね」テーブルの向こうで、酒田藍子が口を歪めて笑う。

「ちょーうれしいんだけど。マジサイコー」

山内忍はあわてて周囲をうかがった。幸いなことに、誰もこちらを気にしている客はいない。ホッと息をついた。

「なんでキョロキョロしてんの？」藍子が不思議そうに訊いてくる。

だって、と忍は声をひそめた。

「誰かに聞かれたら、まずいでしょ」

「なんで？」

「人が死んでるんだよ」

「だから？」

「だからって……」

「死んだの、羽田でしょ。気にする必要なくない？」

「でも……」

藍子が鼻で笑う。

「隠さない、隠さない。忍だってうれしいくせに」

忍は苦笑いをするしかなかった。

うれしくないと言えば嘘になる。羽田には散々、嫌な目に合わされてきた。殺されたと聞いても、悲しみは感じなかった。当然の報いだと思ったぐらいだ。

しかし、心の中で思うのと、口に出すのとは違う。人が殺されている以上、あまり軽はずみなことは言いたくなかった。

時刻は、午後一時半を回っていた。学校から五つ離れた駅前のファストフードに来ている。もっと学校の近くにも店はあったが、誰にも会いたくないので、寄り道をするときは毎回ここまで移動していた。以前は北野波留と三人だったが、波留が学校に来なくなってからは藍子と二人きりだ。

藍子はポテトをつまみながら、スケッチブックに少女のイラストを描いていた。忍の手元にもスケッチブックが広げてある。

でもさ、と忍はため息をつきながら口を開いた。

「羽田がいなくなっても、あんま変わんなかったよね」

和木麻耶がいるからだ。もとはと言えば、羽田にしても麻耶のご機嫌を取るために、忍たちをイジっていたのだ。麻耶がいるかぎり、クラスでの忍たちの立場が変わることはあり得なかった。

「確かに」藍子がペンを置く。不服そうに口をとがらせた。「特に今日のはひどくない？　あたしら、人殺し扱いされたんだよ」

「だね」

「羽田殺すぐらいなら、まずは和木殺すっちゅうの」

藍子のセリフに、ぎょっとしてしまう。忍も同じことを考えていたからだ。どうせ殺すのなら、麻耶を殺してほしかった。それがもっとも素直な感想だった。

「やっぱ、あの子がいないせいだよ」藍子が続ける。

「あの子？」

「北野に決まってんじゃん」

「ああ……」忍は目を伏せた。

「北野が来なくなったから、あたしらに集中してるし」藍子の言葉に力がこもる。「あんただって分かってるでしょ」

北野波留が不登校になったのは、ひと月前からだった。もちろん、直接の原因は麻耶や羽田の仕打ちだろう。しかし、自分たちにも責任があると忍は思っていた。

藍子も忍も、三人の中で波留をあきらかに《一番下》として扱っていた。今になって考えると、それもイジメと言ってよかった。特に波留の《アニメ声》については、二人でしつこいほどに真似《まね》をしてからかった。そういった空気を敏感に感じ取ったせいか、麻耶のターゲットも波留が圧倒的に多かった。

だから、藍子の言うことも間違いではない。波留がいなくなったせいで、忍たちにしわ寄せがきているのだ。近頃は、これまで以上にひどい扱いを受けるようになっている。

ねえ、と藍子が前に乗り出した。鼻の頭に脂《あぶら》が浮いている。

「今度、北野の家に行ってみない？」

「行ってどうするの？」

「決まってるでしょう」藍子が不敵な笑みを浮かべた。「学校に来させるのよ、あたしたちのためにね」

さすがに同意しかねて、黙りこんでしまう。

藍子は気にした様子もなく、「そうだ」と手を叩いた。「そういや、保健室で手紙もらったんだよね」と得意げに胸を張る。

「ウソでしょ！」思わず声が大きくなった。

藍子がムッとする。

「なによ。あたしが手紙もらっちゃいけない？」

「ううん。そういう意味じゃない」忍はあわてて否定した。「ただ、まあ、その……意外だったから」

西東京学園では、保健教師の黒川サキを通じた手紙のやり取りがちょっとしたブームになっている。今年の春、一年の女子がサキを通じて三年の先輩にラブレターを渡した結果、二人がうまくいったことがきっかけだった。あの和木麻耶も牛尾健人への告白は、サキを通じて行ったと噂されている。つまり、保健室で手紙をもらったということは、誰かから告白された可能性が高い。信じられなかったし、信じたくなかった。

私だって一度ももらったことないのに――。

藍子が手紙を受け取ったことは、かなりのショックだった。悔しいやら情けないやらで、全身が熱くなる。

「……相手は誰？」と訊いた声はかすれてしまった。

手紙をもらったといっても、重要なのは誰からもらったかだ。穴口のようなカーストの低い男子なら、気にする必要はない。

「匿名《とくめい》なんだよね」藍子が首をひねった。

「匿名？」

「意味もよく分かんないし」

「……ラブレターじゃないの？」

「あたしの味方とは書いてある」

「見せてもらっていい？」

「イヤよ」藍子が口を尖らす。「どうしてあんたに見せなきゃいけないの。あたし宛《あて》なんだから」

「……ゴメン」

　とにかく、と藍子が口元をゆるめた。

「手紙もらうの初めてだから緊張しちゃった。あんた、もらったことあったっけ？」

「……ない」

「そうだよね。じゃあ、この気持ちは分かんないか」藍子が勝ち誇ったように笑う。

　一瞬、忍は殺意のようなものを覚えた。

＊＊＊＊＊＊＊＊＊＊＊＊＊＊＊＊＊＊＊＊

僕は君の味方だ。

君を助けてあげる。

森本千里のあとをつけてみて。

おもしろいことが分かるよ。

＊＊＊＊＊＊＊＊＊＊＊＊＊＊＊＊＊＊＊＊

9

リビングの窓からは、先ほどより暗くなった空が見えていた。ここを出るころには、もしかしたら降り出しているかもしれない。

少しうんざりしながら、永沢南は室内に視線を戻した。

テーブルをはさんだ向かいのソファに、磯神ことりと北野波留が座っている。ことりが真っ直ぐ背筋を伸ばしている横で、波留は下を向いたまま背中を丸めていた。

時刻は、午後二時を回っている。ことりに案内されて、北野波留の自宅に来ていた。学校から歩いて二十分のところにある二階建ての一軒家だ。

「わざわざこんなところまですいません」波留の母親がお盆に麦茶のグラスを三つ乗せてくる。

「どうぞおかまいなく」

屋敷がそう伝えたが、母親は聞こえなかったかのように、娘以外の三人の前にグラスを置いた。そして、自分も当然のように絨毯《じゅうたん》に腰を下ろす。

南は屋敷の様子をうかがった。目が合うと、屋敷が頷く。母親の同席に、異論がないということだろう。

「北野波留さんだね」屋敷が顔に似合わない穏やかな声で訊いた。

波留がコクリと頷く。わずかに顔を上げた。

小柄なことよりより、さらに一回り小さな少女だった。透き通るような白い肌に色素の薄い髪、本人が望む望まないにかかわらず、きっと男子生徒の注目を集めるだろう。和木麻耶も美少女だったが、それとはまた違ったタイプだった。

学校では、アニメ声だとよくからかわれていたらしい。それでもその声を活《い》かして、将来は声優を目指しているとのことだった。このルックスなら、きっと人気が出るに違いない。

「羽田先生のことは聞いたね」

はい、と波留が蚊の鳴くような声で答える。

「磯神さんからのLINEで……」

「羽田先生と最後に会ったのはいつかな」

「先月、六月十三日の月曜日です。うちに訪ねていらっしゃいました」と答えたのは、波留の母親だった。「この子が学校に行かなくなって三日目のことです。また来るとおっしゃっていましたが、あれ以来、羽田先生が来ることは一度もありませんでした。磯神さんは週に一回来てくれています」

「間違いないかな」屋敷が波留に確認する。

波留が無言のまま頷いた。

「羽田先生はどんな先生だった？」

「別に……普通、です」波留がぼそぼそと答える。

「普通とは？」

しばらく間があってから、「……よく、分かりません」と波留がひとり言のようにつぶやいた。

「じゃあ、訊き方を変えよう。君は羽田先生が好きだったかな」

波留の肩がおびえたように震えた。髪からのぞく両耳が赤く染まっていく。

「好きなわけありませんよ」吐き捨てるように母親が言った。「誰のせいで、この子が学校に行けなくなったと思ってるんです？」

「ママ、やめて……」

「刑事さん、あの人がどんな教師だったか調べました？」母親が鼻で笑う。「調べれば、すぐに分かりますよ。あの男がどれほど最低な教師だったか」

「ママ、やめてって」

「一部の生徒のウケはよかったみたいですけど。あのなんとかいう女優の娘には、すり寄ってたみたいですし。それに比べて、うちの波留ちゃんは――」

「やめてって言ってるでしょ！」波留が大声を出した。

母親が口をつぐむ。不服そうにしながら、うかがうように波留の顔をのぞき込んだ。

「どうして、波留ちゃん？　本当のことでしょ」

「……先生のことは、思い出したくないの」波留の声は震えていた。

そう、と母親が頷く。波留の膝にそっと手を添えた。

「よっぽど嫌な思い出なのね。かわいそうに……」とつぶやくと、横目で屋敷をにらんだ。「いいですか、刑事さん。正直、私は羽田が殺されて、ざまあみろと思っています。殺してくれた人には、拍手喝采《かっさい》を送りたいくらいです」

なるほど、と屋敷が答える。

「つまり、あなたには羽田先生を殺す動機があった」

ええ、と母親が冷ややかな笑みを浮かべた。

「殺したいほど憎んでました。でも、残念ながら私ではありません」

「昨日の深夜二時以降、どこにいらっしゃいました？」

「自宅で寝ていました」

「証明できる人は？」

「夫です」

「ご主人以外は？」

母親があきれたように笑う。

「自宅の寝室ですよ。ほかに誰がいると言うんです？」

「そうですね」屋敷がほほ笑んだ。波留を見る。「君はどうかな？」

「……え？」

「昨日の夜二時以降、なにをしてた？」

「……寝てました」

「証明できる？」

「できるわけないでしょう」母親が腹立たしげに言った。「できるほうが不自然です」

「念のためです」屋敷が涼しい顔で答える。「証明できる人はいないんだね？」

「……いません」

「では、改めて質問しよう」屋敷が波留を見つめた。「羽田先生が好きだったかい？」

「だから、さっき――」

そう言いかけた母親に屋敷がピシャリと告げる。

「お母さんは黙っていてください」

母親が不満げに黙り込んだ。

波留はしばらく下を向いてしまう。静かな室内では、エアコンの音がやけに大きく聞こえた。

「……ひどい、と」ようやく波留が発した声はかすれていた。

「ひどい？」屋敷が訊き返す。

「ひどい先生だと思ってました……」波留が絞り出すように言った。

「君が学校に行かなくなったのは、羽田先生のせいかな」

波留が再び黙り込んでしまう。代わりに母親が口を開いた。

「羽田と、あの和木って子のせいです。波留ちゃんのクラスは、あの子が仕切ってるんです。あの子のグループが、波留ちゃんに嫌がらせをしたんです。そのせいで――」と唇を噛みしめる。それからふっと息を吐くと、ソファに座ることりに視線を向けた。

「磯神さんみたいな子ばっかりだったらいいのに」

「私ばっかりだったら教室は暗いですよ」ことりが笑みを浮かべた。

屋敷が南を見る。なにかあるか、と目で問いかけてきた。

「北野さん」南は優しく声をかけた。

一呼吸あってから、波留がゆっくりと顔を上げる。

「羽田先生が亡くなってどう思った？」

波留の視線が再びテーブルに落ちた。

「悲しかった、です……」ポツリとそう答える。

「悲しい？」母親が不可解そうに眉をひそめた。「うれしいの間違いじゃなくて？」

「悲しかった……」波留が消え入りそうな声で、もう一度つぶやく。「人が死んだんだもん。悲しいに決まってるじゃない」と続けた唇は小刻みに震えていた。

10

涌井美奈子は窓際の席で、ぼんやりと表を眺めていた。

一時間前より、あきらかに制服姿の高校生や中学生が増えている。事件が起こったせいで早々と帰宅した美奈子たちと違い、ちゃんと授業を終えて街に繰り出してきたのだろう。

池袋駅からほど近いファストフード店に来ていた。店内はほとんどの席が埋め尽くされている。

「――今、何時？」牛尾健人が気だるそうに訊いた。店のガラスに映った自分を見ながら髪型を直している。

「四時半」千代田和成がスマートフォンで確認した。

「は？　四時半？」牛尾が眉をひそめる。「おめえ、なんで早く言わねえんだよ」

「へ？」千代田がきょとんとした。「なんでって？」

「バンドの練習、五時からだろ」

「五時半じゃなかった？」

「五時に変わったんだよ。さっき言ったろうが」

「聞いてないけど」

「はあ？　じゃあ、俺がウソついてるって言うのかよ」

千代田が困った顔を見せる。

「ホントに聞いてないし……」

「――俺、言ったよなあ？」牛尾が隣の和木麻耶に確認する。

マニキュアを塗っていた麻耶は、「んー」と首をかしげた。

「よく覚えてないけど、健ちゃんが言ったって言うなら言ったんじゃないのお」と気のない返事をする。

「あたし、聞いた」森本千里が手を上げた。「健人くん、店に入ってすぐそう言ってた」

「マジで？」千代田が不服そうに口を尖らす。「俺、全然そんな記憶ないけど」

「千代田、スマホいじってて、適当に流してたから」

「ほらみろ」牛尾が勝ち誇ったように顎《あご》を突き出す。「やっぱりおまえの聞き落としゃねえかよ」

「そんなはずないと思うけどなあ」千代田は納得がいかない様子だった。「美奈子ちゃんは知ってた？」と訊いてくる。

正直、聞いた記憶はなかった。おそらく牛尾は言っていないと思う。千里は牛尾に調子を合わせているだけだ。しかし、グループの中で、麻耶と牛尾は絶対だった。ヘタに余計なことを言うと、倍どころか三倍、四倍にもなって返ってくる。かといって、千里のようにあきらかな嘘をつくのは気が引けた。

「よく覚えてない」と適当にごまかしておく。

千代田もこれ以上は仕方ないと悟ったのだろう。

「じゃあ、聞き逃したのかも。ゴメン」と素直に謝った。

「分かりゃいいんだよ」牛尾が満足げに頷く。「まあ、いいけど。今から出りゃ、五時にはギリギリ間に合うし」

「もう行く？」麻耶が爪《つめ》に息を吹きかけながら訊いた。

ああ、と牛尾が答える。

「おまえも来るだろ」

「だって、麻耶がいないと、練習、盛り上がんないんでしょ」

「まあな」牛尾が笑った。「あの人たち、麻耶を見るだけでテンション上がるとか言ってるから」

「年上の人はお世辞がうまいねえ」口ではそう言いながら、麻耶もまんざらでもなさそうだった。スマートフォンや化粧ポーチをカバンに放り込みながら、「――千代田も行くの？」と訊く。

うん、と千代田が頷いた。

「ナオさんやケンさんに来てくれって言われてるから」と得意げに胸を張る。

「おまえはうちのバンドのマスコットだからな」牛尾が口の片側を上げた。「基本、ばっくれ禁止だ」

マスコットと称して、千代田は《ボウズヘッド》のメンバーから雑用係のように利用されている。普通なら嫌だと思うが、千代田自身がそれを誇っているところがあった。

「ばっくれなんかしないよ。だって、僕、ボウズヘッド、好きだもん。マジでメジャーデビューしてほしいし」

「いずれな」牛尾が自信満々な笑みを浮かべる。

「千里ちゃんも行くでしょ」千代田が前髪をかき上げながら、千里に笑いかけた。歯茎がむき出しになる。

千里は千代田をちらりと見ただけで、牛尾に向かって言った。

「ゴメン。あたし、今日はやめとく」

無視された千代田が傷ついた表情を見せる。千里は知らん顔をして、牛尾だけを見つめていた。

「オッケー」牛尾が親指を立てる。「また明日な」

「うん。また明日」

「美奈子はどうするの？」麻耶が訊いてくる。

「私もやめとく」

「そろそろ時間やべえから行くぞ」

牛尾が腰を上げるのを合図に全員が立ち上がった。

店を出ると、スタジオに向かうチームとはそこで別れた。

「――あたし、ちょっと買い物してくけど」千里が言った。

美奈子は首を振る。

「私はいい。なんか疲れちゃった」

「分かった。バイ」

「バイ」

手を振って千里と別れると、美奈子は駅へ向かって歩き出した。異様な蒸し暑さのせいで、すぐに汗がふき出してくる。ひと雨あるかもしれないと思った。

西武池袋線に乗り、練馬《ねりま》駅を過ぎた辺りで、案の定、細い雨が窓に線を描き始めた。

数分もしないうちに、本格的な雨足になる。最寄り駅に電車が到着したときには、すっかり暗くなっていた。

改札を抜けると、カバンから出した折り畳み傘を開く。買い物をして行こうかと思ったが、荷物が増えると傘が差せないのでやめた。今日の夜と明日の朝は、冷蔵庫にある物で充分にまかなえる。

両親は美奈子が中学一年生のときに離婚した。それ以来、母と二人で暮らしている。買い物と食事は美奈子の担当だ。おかげで、一般的な料理ならひと通りは作ることができる。顔やスタイルは麻耶や千里に劣るかもしれないが、いわゆる《女子力》では、自分のほうが上だと密《ひそ》かに自負していた。

家へと歩きながら、今日のことを思い出す。

いったい、誰が羽田を殺したのだろう。麻耶や牛尾が冗談まじりに主張していたように、本当に誰か生徒がやったのだろうか。

もし一Dの生徒が犯人だとすると、穴口学、酒田藍子、山内忍あたりが候補だろう。不登校中の北野波留もあり得るかもしれない。いずれも羽田から必要以上にからかわれたり、さらし者にされたりしていたクラスで《下位》の生徒たちだ。

そのうちの誰かがやったのだろうか。そうであれば、よほど追い詰められていたに違いない。かなり切羽詰まった状況でなければ、さすがに殺そうとまでは思わなかったはずだ。

　そのとき、ふと気づいたことがあった。

　だとしたら、羽田だけで終わる——？

　《下位》の生徒は、麻耶や牛尾からも羽田に負けないぐらいひどい扱いをされていた。千里や千代田もそうだが、美奈子もしょっちゅう便乗している。きっと全員が恨まれているに違いない。

　まさか、次は——。

　あり得ないと言い切ることはできなかった。羽田に対する感情をこちらにも向けないとは限らない。

　急に雨音が大きくなった気がした。

　闇が住宅街をすっぽりと覆《おお》っている。いくつかの窓から明かりが漏れていた。目に入るかぎり、路上に人の姿はない。

　恐怖を覚えて振り返る。二十メートルほど背後で、人影がすっと電柱に隠れた。美奈子はぼう然とその場に立ち尽くしてしまう。電柱の向こうから傘がのぞいていた。

　逃げなきゃ——。

　美奈子は前を向くと、走り出した。傘を持つ手が揺れて、雨が顔に降りかかる。一歩踏み出すたびに、足元で水がはねた。

息が上がる。心臓が脈を打つ。

振り向きたかったが、怖くて後ろを見ることができなかった。風にあおられて傘が逆さになったが、直している余裕はない。

角を曲がると、自宅のアパートが目に入った。

あと五十メートル――。

小さいころから運動は得意じゃなかった。全力で走ったのも久しぶりだ。足が鉛のように重い。気を抜くと、膝が抜けそうになる。それでも、美奈子は必死に駆けた。

アパートの敷地に飛び込むと、外廊下を走って一〇三号室の前で足を止める。鍵を出そうとするが、手が震えてうまくいかない。

やっとカバンが開いた。鍵を取り出したものの、今度は鍵穴にうまく入らない。何度やっても失敗してしまう。早く早くと思えば思うほど、手の震えが大きくなった。叫びそうになる。

お願い、お願い、お願い――。

唐突に、鍵が鍵穴に吸い込まれていった。ひねると、ロックの外れる音が聞こえる。

ドアを開けると同時に、背後を振り返った。

闇の中、塀の向こうに黒い傘が見え隠れしている。

急いで部屋に飛び込んだ。すぐにドアを閉めて鍵をかける。雨音が遠ざかった。

助かった──。

ホッと息をつくと、全身の力が抜けた。ずるずるとその場に座り込む。もう一歩たりとも動けない気がした。

「お母さん……」とつぶやく。

一秒でも早く母に会いたいと思った。

11

ネオンの光を浴びて、雨がキラキラと輝いている。

キレイだなと思った。この一粒一粒が汚れた世界を隠すためにあるのだとしたら、梅雨もそれほど悪くない。どんな嫌なものでも光でデコレーションされれば、少しは好きになれる気がした。

森本千里はくるりと傘を回すと、ふっと笑いを漏らした。一人でいると、ついこういうことばかり考えてしまう。

千里は本を読むことが好きだった。文庫本を一ページずつ噛みしめるように読んでいると、あっという間に時間が経《た》ってしまう。千里にとって至福のひとときだった。しかし、麻耶には知られないようにしている。おもしろく思わないに決まっているからだ。

麻耶には小説どころか、漫画すら読む習慣がなかった。ツイッターやフェイスブックばかりしている。母親の関係でつながった芸能人とやり取りをして、いつもそれを自慢していた。

見た目はキレイだが、中身は空っぽなお人形――。

千里から見た麻耶はまさにそんなイメージだった。ああはなりたくない。今は若いからいいが、歳を取って容姿が衰え始めたとき、麻耶がどうなるのか楽しみだった。

それでも、現在は麻耶と一緒にいることができて、本当にラッキーだと思っている。嫌なことも少なくないが、クラスで下位にいるよりはよっぽどマシだった。

クラスメイトからよく思われていないことは感じている。しかし、だからといって、自分から麻耶の側を離れるつもりはなかった。なにかを得れば、なにかを失う――世の中とはそういうものだ。

時刻は夜八時を回っていた。電車が到着するたび、改札口からたくさんのOLやサラリーマンが吐き出されてくる。

千里は一度帰ってから、こっそり自宅を抜けだしてきていた。ノースリーブの白いワンピースを着ている。このあいだの土曜日に原宿で買ったばかりだった。

カバンの中で、スマートフォンが短く鳴った。取り出して画面を確認すると、LINEのメッセージが届いたことを知らせるアイコンが表示されている。

心に、ぽっと明かりがともった気がした。街がさらにキラキラと輝き出す。すぐにＬＩＮＥを起動した。

《おっつー。今練習終わって帰ってきたよー》

メッセージの送り主は千代田だった。

心の明かりが消え、街が一気に輝きを失う。

千代田が自分を好きなことには気づいていた。しかし、千里にその気はさらさらない。態度でも表しているつもりだった。しかし、千代田にはまったく伝わらない。

正直、うんざりしていた。どうしてあそこまで鈍感なのだろう。好きでもない相手からむき出しの好意を向けられて、相手が喜ぶとでも思っているのだろうか。

はっきりと言ってくれたほうが、まだマシだった。そうすれば、こちらもはっきりと断ることができる。このままの状態が続いたら、いずれ千代田を嫌いになってしまいそうだった。

トークごと削除する。返信するつもりはなかった。ヘタに返事をすれば、勘違いさせるだけだ。

突然、背後から目隠しをされた。きゃ、と声を上げてしまう。

「――だーれだ？」

胸がはずんだ。心の明かりが再びともる。

千里は目隠しをされた手を握った。

「健人くんでしょ」

「当たりー」

おどけた口調でそう言うと、牛尾健人が目隠しを外した。そのままもたれかかるように、千里を背後から抱き締めてくる。

「だいぶ待っただろ」

ううん、と千里は振り向きながら首を振った。

「ちょっとだけ。待ってる時間も楽しいし」

「そっか」

牛尾が笑みを浮かべた。笑顔を見るだけで、幸せな気分になる。生きていることにさえ感謝したくなった。

「とりあえず腹減った。どっかでなんか食おうぜ。俺も制服、着替えたいし」

千里は「うん！」と頷き返すと、牛尾の腕に抱きつくように自分の両腕を絡めた。

――俺、本当は麻耶じゃなくて千里が好きだ。

最初に保健室経由で手紙をくれたのは牛尾だった。千里は天にも昇る気持ちで返事を書いた。その後、何度かやり取りをしてから、先月、初めて二人きりで会った。今日で三回目のデートになる。もちろん、麻耶には内緒にしていた。バレたら、二人ともどんな目にあわされるか分からない。

千里の傘に一緒に入ると、並んで歩き出した。目の前の街が遊園地のように思えてきた。これからさらに楽しい時間が待っている。

牛尾が急に立ち止まると、後ろを向いた。

「どうしたの？」千里も振り向く。

ちょうど電車が到着したらしく、乗客が次から次へと改札から出てきた。傘を差すと、思い思いの方向へと散らばっていく。

「視線を感じた」

「視線？」

「いや、気のせいだ。行こう」

牛尾が肩に手を回してきた。ワンピースから出た肌に直接触れられてドキドキしてしまう。

きっと忘れられない夜になる——千里はそう確信した。

Day 2

School Caste Murder in Classroom

1

時刻はすでに深夜零時を回っている。

タクシーを降りると、永沢南はうーんと伸びをした。背中がみしみしと音を立てる。帰りがこの時間になるとさすがに疲れを感じた。

雨がやんで、空にはうっすらと月が見えている。それでもじめっとした空気が肌にまとわりついて気持ちが悪かった。寝る前にシャワーを浴びないと、嫌な夢を見そうだ。

夕方、田無署で行われた捜査会議の結果、被害者の婚約者であった本橋優香が、容疑者の最有力候補とされた。今後はその方針のもとで、捜査が進められる。南は屋敷とともに、再び西東京学園で訊《き》き込みや情報収集をするよう指示されていた。

とりあえず生徒たちが捜査の対象から外れたことで、南はホッとしていた。ただでさえ、クラスでの立場が悪い彼らを、さらに追い詰めるようなことは、できるだけしたくなかったからだ。

正直、本橋優香が犯人であろうとなかろうと、南にとってはどちらでもよかった。一日も早く事件が解決して、生徒たちが無関係だと証明されることを祈るばかりだ。

マンションに入ろうとしたとき、「南」と声を掛けられた。声だけで、誰だか分かる。

一呼吸置いて、南は振り返った。

川崎環奈《かわさきかんな》が植え込みの陰から姿を現した。笑みを浮かべながら、「久しぶり」と軽く手を上げる。

「久しぶり」南も笑顔で応じた。

一六八センチの南より、環奈は拳《こぶし》一つほど背が高い。細身の体型にグレーのパンツスーツがよく似合っていた。

「遅かったじゃない」

「まあね」

「西東京学園の事件でしょ」

「それはちょっと……」

ああ、と環奈が笑う。

「ここじゃまずいか」と南のマンションに向かって顎《あご》をしゃくった。「部屋行こ」

「……うん」

マンションに入ると、エレベーターに乗ってボタンを押す。四階に着くまでのあいだ、環奈はずっと芸能界に関する裏話をしていた。南には興味のないことばかりだ。

エレベーターを降りると、廊下の一番奥にある四〇一号室へ向かう。鍵《かぎ》を開けると、「どうぞ」と環奈を先に通した。

二十平米ほどしかないこの部屋で、南は一人暮らしをしている。ベッドに二人掛けのテーブル、あとはテレビと冷蔵庫があるだけだ。

「相変わらず殺風景ねえ」環奈が椅子《いす》に腰を下ろすと、脚を組んだ。あきれたように室内を見回している。

「なんか飲む？」

「いや、話したらすぐ帰るから」

「私、飲ませてもらうね」

南は冷蔵庫から缶ビールを取り出した。フタを開けると、一気に半分ほど流し込む。ただでさえ疲れているのに、素面《しらふ》で環奈と対峙《たいじ》する気力も勇気もなかった。

「それでどうなの？　すぐに犯人は捕まりそう？」環奈がいきなり直球な質問を投げかけてきた。

川崎環奈は週刊Gプレスという雑誌で記者をやっている。南とは高校三年のときのクラスメイトだ。当時、クラス委員をしていた環奈は、担任の山下耕介とともに不登校だった南の自宅まで何度も来てくれたことがある。再び学校に行くようになったのは、ある意味、環奈のおかげと言ってもよかった。

高校卒業後はしばらく疎遠《そえん》になっていたものの、南が本庁一課に異動してからは、ときおり環奈がこうして会いに来るようになった。旧交を温めるためではない。事件の情報を聞き出すためだ。

本来なら、捜査情報は漏らせないと突っぱねるべきだ。しかし、環奈に言われると、どうしても逆らえなかった。面と向かって話していると、高校時代の関係に逆戻りしてしまう。環奈もそれが分かっているのだろう。まったく遠慮する様子がなかった。

南が不登校で苦しんでいたのは、高校三年の半年程度だ。二十七年の人生で考えたら、ごくわずかと言っていい。しかし、そのわずかな期間が、いまだに重くのしかかっている。深くえぐられた心の傷は、一生かかっても治らないのかもしれない。

ただし、環奈もジャーナリストと呼べるような記事を書いているわけではなかった。特に事件モノについては、ゴシップ的な内容ばかりだ。捜査に直接影響のない情報でも、記事としておもしろくなりそうなら、それで納得してくれる。今回、どんな情報を提供するかは、すでに決めてあった。

「被害者のことは調べた？」

環奈がシステム手帳を取り出す。

「羽田勝、二十六歳、私立西東京学園高校一年D組担任、担当教科は国語——こういう一般的なスペックだけね。取材を始めたの、今日の夕方だから。もしかして問題ありの被害者だった？」

「校長が言うには、いい教師だったらしい」

「校長が言うには、ね」環奈がニヤリとした。「校長以外が言うにはどうだったの？」

「悪かった。特に生徒からの評判は」

「どう悪かったの？」

「生徒によって、ずいぶんと扱いが違ったみたい」

「贔屓《ひいき》してたってこと？」

「そっちだけじゃない」

「そっちだけじゃ？」環奈が少し考えて、ああ、と納得したように頷《うなず》いた。「逆もあったって意味ね。カーストの低い子には厳しかったってことか」

厳しいという言い方には違和感を覚えたが、「まあ、そんな感じ」と答えておいた。

「つまり、殺された羽田は生徒から恨みを買ってたってことね」

「たぶん」

じゃあさ、と環奈が意味ありげな表情を浮かべた。

「生徒が犯人の可能性もあるの？」

「それはない」南は即答した。「生徒は捜査対象にも含まれてない。恨んでた子はたくさんいたみたいだけど」

環奈はしばらく南を見つめていた。やがて、ふっと笑いを漏らすと、ゆっくり腰を上げる。

「ありがと。いろいろ参考になったわ」

「どういたしまして」南はビールを一口飲んだ。「……生徒のこと、書くの？」

「うーん。そっちはふわっとした感じかな。未成年はなにかと扱いにくいしね。それがなくても、被害者に落ち度があったってネタでいけると思う。そういうのって、読者の食いつきがいいからさ」

南はそっと息をついた。

でもさ、と環奈がカバンを肩にかける。

「もし犯人がカーストの低い生徒だったとしたら、あんたも複雑な気持ちじゃない？」

「……どうして？」

「だって――」環奈がくくっと笑った。「ある意味、昔の自分を逮捕するみたいなもんでしょ」

心臓をわしづかみされた気分だった。

「あんたも山下のこと恨んでたもんね」

「……それとこれとは別」絞り出した声がかすれる。

「ふーん。ま、どうでもいいけど」環奈が手をひらひらと振りながら玄関へと向かった。

「じゃあね。また来る」

南は残りのビールをあおるように飲み干した。先ほどより少し苦くなった気がした。

2

「――どうして生徒たちのことを言わなかった？」

屋敷は助手席でシートを倒してふんぞり返っていた。頭の後ろで両手を組んでいる。サングラス越しに目が合うと、前方に向かって顎をしゃくった。

「よそ見するな。俺を殺す気か」

「すいません」

南は進行方向に視線を戻した。ハンドルを握り直すと、アクセルを軽く踏み込む。

今日は朝からよく晴れていた。空に雲もなく、日中は三十度近くに達するという。蒸し暑い一日になりそうだった。

朝の捜査会議を終え、西東京学園へ車で向かっていた。このまま行けば、あと十分ほどで到着する。

「言わなきゃいけませんでしたか」南は前を向いたまま訊き返した。どうしても口調が挑戦的になってしまう。

現場では屋敷がリードしているものの、捜査会議では南が報告を行っていた。本庁が所轄《しょかつ》に主導権を渡していると分かると、いろいろとややこしいことがあるからだ。

その会議で、南は昨夜も今朝も被害者の羽田を恨んでいた生徒がいることを報告していない。それについて、屋敷から非難される覚悟はしていた。しかし、屋敷の反応は意外なものだった。

「いけないことはないけどな」

「……え？」

「なにが、え、なんだ？」

「いえ……」

「予想外だったか」

「まあ……そうです」

屋敷が鼻で笑う。

「報告はお嬢ちゃんにまかせてんだ。なにを報告するかはお嬢ちゃんが決めればいい。ただし、真意は知っておきたい。まさか手柄を独り占めしたくて、報告しなかったわけじゃねえだろう」

「もちろんです」

「だったら、どうしてだ？」

「……彼らは関係ないと思ったからです」

「兵隊は情報を集めて上に報告するのが役目だ。それはお嬢ちゃんも分かってるな」

「分かってます」

「その際、情報の必要性は判断しない。判断は上の仕事だ。それも分かってるよな」

「はい」

「じゃあ、どうして今回は自分で判断した？」

「できるだけ、彼らを巻き込みたくなかったんです」

「巻き込む？」

「私が報告すれば、生徒の中で彼らだけが、何度も警察から事情を聞かれることになります。その噂《うわさ》はあっという間に学校中に広がるでしょう。そうなった場合、たとえ無実であっても、彼らが学校であらぬ疑いをかけられるのは間違いありません」

「犯人扱いされる、か……」

そういうことです、と南は頷いた。

「ただでさえ立場の弱い彼らです。あることないこと噂されるのは確実でしょう。そういう事態は避けたいんです。もちろん本橋優香の犯行でないと分かれば、改めて会議で報告するつもりでいます」

なるほどな、と屋敷が応じる。

「気持ちは分からなくもない。しかし、『まったく報告しない』という選択は、お嬢ちゃんにとってリスクが高いぞ」

「分かってます」

「生徒以外が犯人なら問題はない。しかし、万が一、生徒が犯人だった場合、処分は避けられないだろう。最低でも一課にはいられなくなる。それどころか、お嬢ちゃんをおもしろく思っていない奴《やつ》らが、クビにしろと騒ぐかもしれない。それでもいいのか」

「覚悟はできてます」

「そこまでして奴らをかばう理由はなんだ？」

前を行くトラックのウインカーが点滅を始める。ブレーキランプが光った。南もブレーキに足を移す。トラックが左折するのを待ってから、再びアクセルを踏み込んだ。

「昨日お話したとおり、私にはイジメの経験があります」南は静かに告げた。「高三の一時期ですけど、学校にもいけなくなりました。自殺未遂の経験もあります」

左の手首がうずいた。見た目に傷はほとんど分からないが、流れ出す鮮血は今でもはっきりと心に残っている。

「だから、ああいう生徒にはやっぱり感情移入してしまうんです。どうしても放っておけないんです」

あのころの自分を見ているようで、と心の中で付け加える。

「弱者のため、か」

「え？」

「お嬢ちゃんは弱者のために警官になったんだろう。学校の中で、奴らは間違いなく弱者だ。筋は通ってると思ってな」

「でも、警官としてはダメですよね」

「ダメってことはないけどな。ただ——」屋敷が言葉を切った。

「ただ、なんでしょう」

前方の信号が赤に変わる。アクセルから足を離すと、ブレーキを踏み込んだ。車が停止線で停まる。

「残念ながら、生徒が犯人の可能性はあるぞ」

南は一拍置いてから、「分かってます」と頷いた。「ですから、単独で捜査するつもりでいます」

「単独で？」

はい、と南は答える。

「可能性がある以上、放っておくわけにはいきませんから」

「その結果、生徒の犯行だと判明したらどうする？」

「説得して自首させます」

「お嬢ちゃんは奴らに共感してるんだろう。本当にそんなことができるのか」

「やります。私がやらないといけないんです」

屋敷は黙って南を眺めていた。やがて表情をゆるめると、「青だぞ」と前方を指差す。

南は車を発進させた。しばらく走ってから口を開く。

「これ、私の事件だって気がしてるんです」

「私の事件、か……」

「なので、屋敷さんには関係ありません。生徒の捜査は私一人でします。報告しなかったのも私の独断ですから、いざとなったら屋敷さんはそう主張してください」

おいおい、と屋敷が苦笑いする。

「そんな悲しいこと言うなよ」

「……悲しい？」

「俺たちはコンビだろう。どうせなら俺にも手伝わせてくれ」

「……協力してくれるんですか」

「コンビを尊重するのが俺の主義なんだ」

「ありがとうございます」

本当にありがたいと思った。屋敷の協力が得られれば心強い。

「で、どうやって調べるつもりだ？」

「磯神ことりさんに協力を要請しようと思ってます」

「あの子か。いいかもしれんな。ちょっとひと癖ありそうだが」

「屋敷さん、彼女のことご存じなんですよね」

「直接、会ったのは昨日が初めてだ。名前だけが頭の片隅に残ってた。磯神なんてめずらしいからな」

「火事って言いましたっけ？」

「三年前、北原《きたはら》町で四人家族のうち三人が焼け死ぬ火事があったんだ。そのとき、唯一《ゆいいつ》生き残った少女が当時中学一年生だった彼女だ」

「あの年齢で家族全員亡《な》くしてるんですか。気の毒ですね。出火の原因はなんだったんです？」

「あの子の上に高一の姉がいたんだが、その姉によるタバコの火の不始末だ」

「高一なのに？」

「そういう娘だったってことだろう。出火元は二階にあった姉の部屋だった。寝タバコをしていたらしい。ただし、当初は母親による無理心中が疑われたんだ」

「無理心中？」南は思わずブレーキを踏みそうになった。

「両親の仲がかなり悪かったんだ。当日も大声で夫婦ゲンカするのを近所の人が耳にしてる。その際、母親が『殺してやる！』って叫んでたという証言があったんだ」

「微妙な家庭環境だったんですね」

「火事の日も、夫婦ゲンカした母親が夫と別に寝たいからと、彼女を二階の部屋から一階へと追い払ってたらしい。おかげで、彼女だけが助け出されたんだから、運がよかったと言えなくはないがな」

無表情なことりの顔を思い出す。ほとんど笑わないのは、そういう影響もあるのだろうか。だとしたら、悲しい話だった。

「そういう子には幸せになってもらいたいですね」南は心の底からそう願った。

そうだな、と屋敷も応じる。

「ちなみに伯母さんってのはいい人そうだったぞ」

昨日、屋敷はことりの伯母と電話で話をしていた。第一発見者であることりのアリバイを確認するためだ。明確なアリバイはなかったが、午前三時という犯行時刻からすれば当然だろう。

前方に西東京学園の校舎が見えてくる。

「屋敷さん」

「なんだ？」

「ありがとうございます」

「……急にどうした？」

「私のことを受け入れてくれて」

屋敷が苦笑いした。

正門が近づいてくる。南はアクセルに乗せた足をゆるめた。

「お嬢ちゃんの真《ま》っ直《す》ぐさが俺にはまぶしいよ」

南が横目で見ると、屋敷は窓の外を眺めていた。

「ただな、警察という組織で自分を貫くことは、思った以上に難しいぞ。それだけは覚えておくんだな」

3

校長室のドアをノックすると、どうぞ、と中から返事があった。

「……失礼します」とおそるおそる扉を開ける。

正面のデスクに、校長の泉田が座っていた。ノートパソコンに向かって、なにやら作業をしている。目だけがこちらへ向けられた。

「わざわざ呼び出してすまないね」

いいえ、と鈴木卓也は首を振った。

「で、なんのご用でしょう？」

「そこに座ってくれ」泉田が部屋の中央に置かれたソファを示す。

「失礼します」

もう一度そう告げると、鈴木は部屋の中に入ってソファに腰を下ろした。校長室には、数えるほどしか入ったことがない。ざっと室内の様子をうかがった。

泉田から見て、右手に書類棚が並んでいて、その上に歴代校長の顔写真が額に入れて飾られている。左手には、一か月のスケジュールが書かれたホワイトボードが設置されていた。

泉田がデスクを回って、鈴木の向かいに腰を下ろす。泉田と対峙すると、いつもは迫力に圧倒されてしまう。しかし、今日の泉田はどこか元気がないように見えた。子飼いの羽田が殺されて、さすがにショックを受けているのだろう。

いい気味だと思った。ああいうロクでもない人間を、高校の後輩だからといって、あからさまに贔屓した罰が当たったのだ。

「で、話とは?」

「鈴木先生には、今日から一Dの仮担任をお願いしたい」

「仮担任?」反射的に、大きな声が出てしまった。あわてて咳《せき》ばらいをする。「……僕がですか」

「そうだ。どうだね」

鈴木は考えるフリをしてから、「分かりました」と答えた。「僕でよければ、やらせていただきます」

うむ、と泉田が満足げに頷く。

「あのクラスは和木麻耶がいるだけに一筋縄ではいかんが、君ならうまく対処できるだろう。期待してるよ」

「まかせてください」鈴木は胸を張った。

仮とはいえ、担任を持つのは久しぶりだ。二十五歳のとき、初めてクラスを持って散々な目にあわされた。生徒や生徒の親から、「対応が悪い」「やる気がない」というクレームが殺到したのだ。結局、学年の途中で担任を下ろされるという屈辱を味わった。

あれから七年、ずっと担任を持たせてもらえずに来た。復帰後、わずか半年で再び担任を持った羽田とは歴然の差だ。しかし、羽田はいなくなった。邪魔者はこの世から消えた。そして、自分が羽田に取って代わる。実に、気分がよかった。

「本橋先生もしばらくは学校に来れんだろう」泉田が難しい表情でため息をつく。「婚約者が死んだんだ。復帰までには、それなりの時間がかかるはずだ。鈴木先生には、そのあたりもフォローしてもらえるとありがたい」

「もちろんです」

鈴木は答えた。そして、心の中でそっとつぶやく。

でも、彼女は大丈夫ですけど――。

自分が羽田の代わりを務めるのは、一年D組だけではない。そのことを泉田に伝えられないのが、本当に残念だと思った。仕事も恋も順調そのものだ。自分が無敵になった気がした。

職員室に戻ると、デスクについてすぐに手紙を書いた。引き出しから封筒を出すと中に入れる。糊《のり》づけして、開いてこないように何度も強くこすった。

「校長の用事ってなんでした？」正面に座る二年目の田村《たむら》が興味津々《しんしん》で訊いてくる。

「一Dの担任やれってさ」

鈴木はさらりと答えた。あえて《仮》は外す。

「マジで？」田村が目を丸くした。「出世じゃないっすか」

「たいしたことないよ」

顔がニヤけそうになるのを抑えながら、鈴木は席を立った。担任を持っていない田村のうらやましげな視線が心地よい。その視線を感じながら、手紙を持ったまま職員室を出た。

廊下を歩く足取りも軽くなる。ついついスキップでもしてしまいそうだった。保健室の前まで来ると、ドアをノックする。

「どうぞー」黒川サキの声が聞こえた。

失礼、と言いながら中に入る。

「あら、鈴木先生」サキが小首をかしげた。「どうかしました？」

「誰かいます?」と声をひそめて訊く。

いいえ、とサキが首を振った。

「朝一番ですから、まだ誰も」

鈴木はホッと息をついた。軽く咳ばらいをする。

「黒川先生」

「はい」

「本橋先生に会う予定は?」

サキが目を見開く。すぐに納得したように頷くと、口元に笑みを浮かべた。

「今日の帰り、様子を見に行ってもいいですよ」

「だったら、これ――」鈴木は持ってきた手紙を差し出す。「また本橋先生に渡しといてください」

「分かりました」サキはいつものようになにも訊かなかった。

＊＊＊＊＊＊＊＊＊＊＊＊＊＊＊＊＊＊＊＊

一Dの担任になったよ。

どうやらツキが回ってきたみたいだ。

すべては君のおかげだね。

＊＊＊＊＊＊＊＊＊＊＊＊＊＊＊＊＊＊＊

4

「――今日からあなたが一Dの担任になったと？」屋敷が目の前のソファに座る男に向かって質問する。

口元が一瞬、ゆるみかけたが、男はすぐに仏頂面《ぶっちょうづら》に戻った。

「まあ、担任って言っても仮ですから……」とぼそぼそと独り言のようにつぶやく。

鈴木卓也はメガネをかけた顔色の悪い男だった。歳《とし》は三十三、殺された羽田や本橋優香より七つ年上になる。ここ数年、担任は持ったことがなかったらしい。羽田が亡くなったことで、急きょ代役が回ってきたということだろう。

昨日と同じ応接室を使わせてもらっていた。一日も早い解決を望んでいるのか、校長の泉田が協力的なのはありがたい。今日は被害者の同僚教師を中心に話を聞くつもりでいた。

休校ではないものの、全学年・全クラスとも終日に渡って自習だという。午後は体育館で保護者向けの説明会が予定されていた。南たちも同席するつもりでいる。

「羽田先生とはどの程度の付き合いでした？」

ふん、と鈴木が鼻を鳴らした。

「あいつと僕じゃ接点なんてありませんよ。向こうは校長のお気に入りでしたし。きっと僕をバカにしてたでしょう」

ほう、と屋敷が興味を示した。

「羽田先生とは仲が悪かったと？」

「僕だけじゃありません。みんな、あいつのことは忌々《いまいま》しく思ってました」

「なぜです？」

「校長のお気に入りなのをいいことに、やりたい放題でしたから。生徒たちから話は聞いたんですよね」

屋敷が横目で南を見ながら、「まあ……」と返事をにごす。

「すごく評判が悪かったはずです」鈴木が断言した。「僕から見ても、あいつのやり方はサイテーでした。でも、あいつ、注意しても一向に聞かなかったんです。校長の指示に従ってるだけですとか言っちゃって。先輩である僕の言葉には、一切、耳を傾けようとしませんでした。表向き、後輩のウケは良かったですけどね。あいつに好かれれば、校長に取り入ったも同然ですから。でも、一Dの生徒もあいつがいなくなって、かなり喜んでるんじゃないですか」

　鈴木がまくし立てるように続ける。

「でも、もとはと言えば、校長が悪いんですけどね。あの人、現役のころ、一部の生徒を贔屓するってめちゃくちゃ有名だったらしいんですよ。特に女子には甘いって。本人は隠してますけど、うちの教師はみんな知ってます。そんな校長の教えを受けてるんですから、ロクでもないですよね。本橋先生もあんな奴と一緒にならなくてよかったですよ。だいたい――」

　鈴木がはっとした表情を見せた。気まずそうに視線をそらしながら、「まあ、つまり、羽田は、そういう奴だったってことです」と言い訳するようにつけ加えた。

「本橋先生とはよく話をされるんですか」屋敷が尋ねる。

　今日、本橋優香は学校を休んでいた。婚約者が殺されたのだから、休むこと自体は不自然ではない。ただし、犯人の可能性があるため、昨夜から捜査員が自宅を張り込んでいた。

「……まあまあですかね」鈴木が面倒くさそうに答える。「本橋先生からはいろいろと相談されることも多いんで。彼女は素直ないい先生ですよ。教師としては羽田より一枚も二枚も上です」

「最近、本橋先生に変わった様子は？」

「……変わった様子？」鈴木が探るような表情になった。「それはどういう意味で？」

「そのままの意味です」屋敷が笑みを見せる。「なにかに悩んでるようだったとか、結婚についての相談を受けたとか、そういうことがなかったかと思いまして」

「ありません」鈴木が肩をすくめた。「残念ながら、彼女は結婚が決まって幸せそうでした。あんな奴のどこがよかったのか。まあ、彼女は二十六とまだ若いですから、見た目に惑わされたんでしょう。これで男は顔じゃないと学んだはずです」

なるほど、と屋敷が頷く。

「実はですね、羽田先生が殺された前々日の夜、二人は結婚式を延期してたんです。ご存じでした？」

「知りませんでした。どうしてです？」

「準備期間が足りないと羽田先生が言い出したそうです」

「だったら、そうなんじゃないですか。それがなにか？」

「いえ、なんでもありません」

屋敷が南に視線を送ってきた。

南は咳払いをしてから口を開く。

「羽田先生を恨んでた人物に心当たりはありませんか」

「恨んでたかどうかは分かんないですけど、嫌ってる人は多かったですよ。先輩教師もそうですし、一Dの生徒もほとんどがそうじゃないですか。一部の贔屓されてた生徒は除いてね」

「そこには当然、あなたも含まれる?」

まあね、と鈴木が頷いた。

「否定はしません」

南は屋敷を見た。目が合うと、頷いて見せる。

「では、最後にもう一つだけ」屋敷が口を開いた。「七月四日の午前三時はどこにいらっしゃいましたか」

鈴木がわずかに緊張した表情を見せた。

「……アリバイですか」

「ご心配なく。話を聞いた方全員にお伺いしてることです」

鈴木が警戒した様子で口を開く。

「……自宅で寝てました」

「そうだと思いました」屋敷が笑みを浮かべた。

5

今日も一年D組の教室は化学室だった。羽田の代わりに、化学の鈴木が臨時担任に決まったせいだろう。一Dの教室が出入りできるようになるまで、このままだと聞かされていた。

嫌がる生徒も多いが、山内忍は薬品のにおいが好きだった。清潔な感じがして、心が落ち着く。ただし、落ち着いた気分でいられるのは、それだけが理由ではない。

隣では、酒田藍子がスケッチブックにイラストを描いていた。手足のバランスの悪い女の子ができ上がりつつある。

藍子が、ふう、と息をついた。忍を見ると、「できたら感想、聞かせてね」と笑みを浮かべる。

「分かった」と頷きながら、忍は心の中でため息をついた。

藍子のイラストはお世辞にも上手とは言えない。それでも無理やり褒めると、「そんなわけないじゃん。ホントのこと言って」と抗議してくる。かといって、本当のことを伝えると、途端に不機嫌になる。北野波留が学校に来なくなってから、そういう負担を忍一人が背負っていた。

藍子が不意に視線を上げた。目が合うと、口元をゆるめる。

やっぱさ、と小声で言った。

「快適だよね」

「うん」と頷くと、忍は教室を見回した。

今日は、和木麻耶が学校を休んでいる。

麻耶だけではなかった。麻耶のグループで来ているのは、涌井美奈子だけだ。誰ともしゃべることなく、黙々と一人で問題集を解いている。もともとあのグループでは目立たないほうだが、今日は特に存在感がなかった。本当はおとなしい子なのかもしれない。

休んでいるのは麻耶のグループに限ったことではなかった。クラスの三分の一が登校していない。本当にショックを受けた生徒はほとんどいないだろう。単にサボっただけに違いなかった。

「毎日がこうだったらいいと思わない?」

「思う」忍は即答する。「でも――」と目を伏せると、「そんなの絶対に無理……」とため息をついた。

ビクビクしなくて済むことが、どれほど解放的であるかは、普段から周囲の目を気にしている忍たちにしか分からないだろう。

それがね、と藍子がイラストを描きながら含み笑いをする。

「そうでもないかもしれないんだな」

「そうでもないいって？」

「毎日がこうなるかもってこと」

「どうして？」

「な、い、しょ」藍子が口を歪《ゆが》めて笑う。「たぶん明日になれば分かる」と思わせぶりな言い方をした。

忍ははっとする。

「……もしかして波留ちゃんが来ることになったの？」

波留が登校すれば、麻耶たちの主なターゲットが波留になるからだ。昨日も波留がいないことに、藍子はさんざん文句を言っていた。

「それはもういいの」

「いいって？」

「北野なんかどうでもいい。来ても来なくてもどっちでも」

あまりの手のひら返しに、忍は戸惑ってしまう。

「……どういうこと？」

「だから、明日になれば分かるって」

藍子は楽しげに告げると、よし、と満足げに頷いた。スケッチブックを忍のほうへ向ける。

「どう？」

いつもどおりの不格好な女の子のイラストだった。忍は心の中で盛大なため息をつく。

「いいんじゃない」と無理やり笑みを浮かべた。

6

それはつまり、と磯神ことりがメガネの奥の目を細めた。

「私にクラスメイトを売れと言ってるんですね」

時刻はあと十五分で午後一時になろうとしていた。一時からは体育館で保護者向けの説明会がある。

「平たく言ってしまえばそういうことだ」

屋敷が素直に認めた。ことり相手にヘタなごまかしは通じないと思っているのかもしれない。

なるほど、とことりが考え込んだ。しばらくして、「一つお尋ねしていいですか」と再び口を開く。

「なにかな」

「警察は生徒が犯人だとお考えなんですか」

屋敷が南を見た。代わりに答えろと目が告げている。

「必ずしもそうじゃないの」南は応じた。「でも、動機がある以上、捜査はしなくちゃならないから」

へえ、とことりが不敵な笑みを浮かべる。

「てっきり本橋先生が犯人だと思ってました」

南は肯定も否定もしなかった。屋敷もなにも言わない。

とにかく、と南は返した。

「可能性がゼロでないかぎり、情報を集めて捜査をする必要があるの。でも、大っぴらにはしたくない」

ことりが眉《まゆ》をひそめる。

「どうしてです？」

「警察が捜査をすれば、どんなに慎重にやっても誰が対象になってるかは分かる。そうなれば、きっと学校中で噂になる。動機のある子たちは、いわゆるクラスで弱い立場にある子でしょう。そんな噂が出回れば、ますます立場が悪くなる。そう思わない？」

「でしょうね。昨日も普通にありましたから」

「昨日は全員から話を聞いたでしょう」

「関係ありません。言うほうにとっては、本当に犯人かどうかなんてどうでもいいんです。相手をイジるネタさえあれば。今でさえそうですからね。何度も呼び出されたりすれば、どうなるかは目に見えています」

「できるだけ、そういう状態は避けたいの。だから、ことりさんに協力してほしい」

「私なら怪しまれないと？」

「少なくとも警察よりは」

ことりが目を伏せた。しばらく自分の手元を見つめている。

ちょっと酷なお願いだったかもしれない。いくらしっかりしているように見えても、まだ高校一年生の少女なのだ。万が一、クラスメイトが犯人だと分かっても、警察に教えること自体、《裏切り》と考えるような年ごろだろう。

ことりが顔を上げた。南と屋敷を順番に見やる。

「刑事さんたちの言いたいことは分かりました。つまり、これはクラスのためだということですね。そういうことであれば、クラス委員としてお引き受けできないこともありません」

「ホントに？　だとしたら、とても助か――」

ただし、とことりが遮る。

「一つ問題があります」

「問題？」

「日ごろから、私はクラスメイトとほとんど話をしません」

「どうして？」

「必要がないからです」

「……え？」南はどう応じていいか困ってしまった。

　ことりがほほ笑む。

「心配しないでください。自分で選んでそうしてるんです」

「ことりさんがいいならいいけど……」

　屋敷は苦笑いしていた。やっぱりひと癖あると言わんばかりに肩をすくめている。

　ですので、とことりが続けた。

「私が自分から誰かに話しかければ、なにごとかと思われるでしょう。それだけでクラスの注目を集めることになります。勘のいい子であれば、私が警察の犬になり下がったと気づくかもしれません。そうなれば、結局、刑事さんの懸念《けねん》どおりになります。それでも、私が協力する意味はあるんでしょうか」

「無理して情報を集めなくていいの。自然に観察してくれればかまわない。たとえば事件後の様子がおかしいとか、欠席が続いているとか、そういった情報でかまわないの。もちろん直接話をする機会があれば、それとなく探ってほしいけど」

「その程度でいいんですか」

「それならできそう？」

分かりました、とことりが頷く。

「事件が解決しないことには、クラスも落ち着きません。クラスのために協力させていただきます」

「交渉成立だな」屋敷がニヤリとする。「頼むぜ、スパイちゃん。こっちの永沢巡査部長は進退かけてんだから」

「進退？」

「やめてください、屋敷さん」南はあわてて言った。「ことりさんには関係のないことです」

「教えてください。どういうことです？」ことりが屋敷に訊く。

「あのね、ことりさん――」

「私はこちらの刑事さんに訊いてるんです」ことりがばっさりと切り捨てた。「私は警察の犬になることを了承しました。場合によっては、クラスメイトから総スカンを食らう可能性もあります。そのリスクを背負ってお引き受けしたんです。私には訊く権利があると思います」

「いいじゃねえか」屋敷が声を出して笑う。「この子の言うとおりだ。隠すことでもないだろう」

「まあ、そうですけど……」

「いいかい、お嬢ちゃん」屋敷がことりに向かって身体《からだ》を乗り出した。「こっちの刑事さんはな、動機のある生徒がいることを捜査会議で報告しなかったんだ」

「それがどうかしたんですか」

「お嬢ちゃんが知ってるかどうかは知らねえが、警察っていうのは組織で行動するんだ。そのためにも、入手した情報は確実に上に報告することが強く求められる。でも、こっちの刑事さんはあえてそれをしなかった。どうしてか分かるか」

「分かりません」

「さっき言ったとおりだ。報告すれば、生徒を担当するチームが作られ、捜査が遠慮なく行われる。捜査の対象になった生徒の立場は間違いなく悪くなる。それを避けるために報告しなかったんだ。ただし、このことが上に知られれば、最悪の場合、クビの可能性もないわけじゃない。こっちの刑事さんはそれぐらいの覚悟をしてるってことだ」

へえ、とことりが不思議そうに南を見た。

「どうしてそこまでするんです？」

南は苦笑いをした。

「前にも言ったでしょう。私も元イジメられっ子なの。だから、そういう子たちのことは他人事に思えないのよ」

「そういえばそうでしたね」ことりが口元をゆるめる。「では、もう一つだけ質問していいですか」

「どうぞ」

「生徒の誰かが犯人だと分かった場合、どうするつもりです？」

「説得して自首させる」

「自首？　逮捕じゃなくて自首ですか」

「できるかぎり自首させたいと思ってる。そのほうが少しでも罪が軽くなるから」

ことりが笑みを浮かべた。

「分かりました。可能なかぎり、協力させていただきます」

7

ソファに置いていた左手をそっと握られた。

森本千里は一瞬驚いたが、素知らぬ顔で握り返す。こちらから指を絡《から》めると、牛尾も応じてきた。二人とも視線は前方に向けたまま、身体ではリズムを取っている。

モニターの側でマイクを手にしているのは、麻耶だった。女性アイドルグループの曲を気持ちよさそうに歌っている。背後では、千代田が完璧《かんぺき》な振りを披露していた。以前、麻耶から「覚えといて」と命じられた踊りだ。ちゃんと覚えてきたらしい。

曲が間奏に入った。

麻耶が牛尾に向かって投げキッスをする。牛尾が空いている手でキャッチすると、パクリと食べる真似《まね》をした。

「ウケる！」麻耶が手を叩《たた》いて喜んだ。

「麻耶ちゃん、カワイイー」千里は声をかける。

「ありがとう！」麻耶がアイドルよろしく手を振り返してきた。

再び、麻耶が歌い始める。気持ちよさそうではあるが、お世辞にもうまいとは言えなかった。顔が整っているだけに、余計、残念に思えてしまう。もちろん、本人に言ったことはない。

学校へは行かず、朝から四人でカラオケに来ていた。美奈子だけは「お金がない」との理由で来ていない。美奈子が母子家庭なのは麻耶も知っているため、さすがに無理強いはしなかった。

音程の外れた歌を聴きながら、千里は左手から伝わる温《ぬく》もりを感じていた。バレたらどうしようとドキドキしながらも、うれしさが込み上げてくる。

昨日の夜、生まれて初めてのキスをした。

「――麻耶とは仕方なく付き合ってるんだ」傘の下で抱き合いながら、牛尾は千里の耳元でささやいた。「別れられるなら、すぐにでも別れたい。でも、そういうわけにはいかないんだ」

牛尾の言わんとするところは、千里にもよく分かった。麻耶から睨《にら》まれたら最後、一Dでの平穏な日々はあっという間に崩壊する。牛尾も例外ではないだろう。プライドを傷つけられた麻耶の怒りは尋常でないはずだ。想像するだけで恐ろしかった。

麻耶に取り入りたいと考えているクラスメイトはたくさんいる。隙《すき》あらば、千里たちにとって代わらんと狙《ねら》っている。牛尾と千里が付き合い出せば、格好の機会を提供するだけだ。

「しばらくガマンしてくれ」

二回目のキスは、少し長めに唇を合わせた。離れるとき名残惜しくて、つい前のめりになってしまった。

「そのうちなんとかする。でも、今はムリだ。学校のこと考えたら、千里だってそう思うだろう」

うん、と千里は頷いて、牛尾の首筋に顔を埋めた。タバコのにおいが鼻先をくすぐる。

「あたしは大丈夫だから。みんなに内緒でもかまわない」

「サンキュー」牛尾がホッとしたように言った。

顔を上げると、笑みを浮かべた表情に出くわす。三度目のキスをすると、牛尾の舌がするりと唇のあいだから侵入してきた。まるで別の意思を持つ生き物のようだった。

「なあ、千里」唇を合わせたまま、牛尾がささやくように言った。「今度はいつ会える？」

カラオケ屋を出たのは午後三時だった。晴れてはいるものの、梅雨時期だけにジメッとしている。あっという間に汗がにじんできた。

「どうする？　なんか食い行く？」千代田が前髪をかき上げた。

行かなーい、と麻耶が牛尾の腕を取る。

「麻耶たち、これからデートだからあ」

「そうなの？」千代田が意外そうに訊いた。

「てかさあ──」麻耶があきれたように言う。「言われなくても気を利《き》かしてよね。うちら、付き合ってんだから」

「……ごめん」千代田が頭をかいた。

牛尾も楽しげに笑っている。千里と目が合うと、「ということだから」と軽い調子で右手を挙げた。

それ……だけ……？

ショックだった。麻耶に知られないようにすべきなのは分かる。しかし、もう少し気持ちを込めてほしかった。あの手がさっきまで自分に触れていたかと思うと、猛烈な寂しさを感じた。

「じゃあね。千里、バイ」麻耶が手を振ってきた。

「バイ」千里はなんとか笑顔を作った。

腕を組んだ牛尾と麻耶が寄り添って歩き出した。麻耶はもう一度手を振ってきたが、牛尾が振り返ることはなかった。二人の姿が、人混みに紛れて見えなくなる。

分かっていたことだ。こういうことは、今後もしばらくは続く。出口の見えないトンネルに一人たたずむ気分だった。

「じゃあさ――」

はっと我に返る。

はにかんだ笑みを浮かべた千代田がしきりに前髪を触っていた。

「せっかくだから、どっかでなんか食ってかない？」

ため息をつきそうになる。こんな気分のときに、どうしてこの人はここまで無神経なことを言うのだろう。だから、麻耶や牛尾に馬鹿《ばか》にされるのだ。

「ゴメン。あたし、用事あるから」

「そうなの？　さっきまでそんなこと言ってなかったじゃん。あ、もしかして金がないとか？　マックぐらいならおごるけど」

これ以上、我慢できなかった。強く息を吐くと、真っ直ぐに千代田を見つめる。ねえ、と口を開いた。

「ん？」

「違ってたらゴメン」

「なにが？」

「千代田ってあたしのこと好きなの？」

千代田がぎょっとしたように目を丸くした。

大学生らしきカップルが、通りすぎざまに横目でこちらを見ていく。女の忍び笑いが聞こえてきた。誰に聞かれようとかまわなかった。はっきりとケリをつけておきたい。

「あ、いや、その……」千代田はあきらかに動揺していた。

千里にとって答えはそれで充分だった。

「あたし、好きな人いるから」

「……え？」

「あたし、好きな人がいるの。千代田には関係ないかもしれないけど。あたし、好きな人いるからさ。一応、伝えとく」

千代田はしばらくほうけた表情をしていた。やがて、ため息まじりに「そっか……」とつぶやいた。「そっか……」と繰り返す。

「千代田とはいい友だちでいたいと思ってる」

「うん……」

少し気の毒になった。しかし、これまでの態度から察することができなかった千代田自身が悪いのだ。

「でも、今の話、麻耶ちゃんには言わないで」

「どうして？」

「からかわれたりしたくないの。千代田だってそうでしょ」

「まあ、ね」

「絶対に内緒よ。あたしも言わないから」

「分かった」

「じゃあ、行くね。バイ」

千里は千代田に背中を向けた。

「ねえ、千里ちゃん」千代田が呼び止めてくる。

千里は立ち止まると、わざと大きなため息をついた。うんざりしたように振り返る。

「なに？　あたし、急いでんだけど」

「千里ちゃん、健人くんと付き合ってないよね」

え、と思わず声が漏れてしまった。千代田をマジマジと見つめる。表情は真剣だった。

「まさか」急いで無理に笑った。自分でも顔が強張《こわば》っているのが分かる。それでも強引に口角を上げた。「あり得ないでしょ。健人くんは麻耶ちゃんの彼氏だよ」

「ホントに？」

「当たり前じゃん」

そっか、と千代田がホッとした表情を見せる。

「ならよかった。もしホントなら、麻耶ちゃん、二人を殺しかねないなと思って」

背筋がすっと冷たくなった。麻耶なら実際やりかねないだけに、気楽に笑い飛ばすことができない。

「……どうしてそんなこと言ったの？」と探るように訊いた。

うーん、と千代田は考えてから、「ちょっとそういう噂を耳にしたんだ」と答える。

「でも、違うんならいい」

「違うに決まってるでしょ」千里は強く否定した。「それ、あたしたちのグループを仲間割れさせようとして、適当に流しただけだって。そんなの真に受けないでよね。あたしが好きなのは、みんなの知らない人なんだから」

「分かった。ゴメン、ヘンなこと訊いて」

「じゃあね、バイ」

千里はさっさと駅へ向かって一人で歩き出した。歩き出すと同時に、胸の中に不安な気持ちが湧《わ》き上がってくる。噂はどこから出たのだろう。本当に適当に流されただけだろうか。もしかしたら、牛尾といるところを誰かに見られたのかもしれない。だとしたら、かなりまずい可能性がある。

——じゃあさ、今度の土曜はどう？

——どっかに泊まろうよ。ね？

牛尾のささやく声がよみがえった。徐々に勇気が湧いてくる。

そうだ。怖がる必要はない。いざとなれば、牛尾も千里の側についてくれる。牛尾の本命は千里なのだ。

少し気持ちが落ち着いた。

ふと背後を振り返る。千代田はまだ千里を見送っていた。

8

「——先生、よろしいですか」終礼が終わると、磯神ことりは今日から仮担任になった鈴木に声をかけた。

鈴木が視線を上げる。顔が青白く、頬がこけていた。まるでガイコツだ。メガネの奥から、警戒する目でことりを見つめてくる。

「……なんだ？」

思わずため息をつきそうになった。生徒をそういう目で見ることがおかしいと、なぜ分からないのだろう。長く担任を持っていなかった理由が理解できる気がした。

昨日一日だけで、この教師はダメだとすでに判断している。羽田は麻耶たちにお墨つきを与えていたが、鈴木は完全な野放しにしていた。タチの悪さでは、どちらも似たり寄ったりだ。

「北野波留さんのご自宅にはいつ行かれます？」

「北野？」鈴木が眉をひそめる。「誰だ、それは？」

ことりは苦笑いした。あきらかに知っていてとぼけている。

「このクラスの生徒です。先月からずっと休んでいます」

「病気なのか」

「違います。私は週一回会いに行っていますが、体調が悪いようには見えません」

「じゃあ、どうしてだ？」

ことりはじっと鈴木を見つめた。

「お分かりになりませんか」

「僕に分かるわけないだろう」

「でも、昨日、今日とうちのクラスを見てるわけですよね。なにか感じるところがあったと思いますが」

鈴木がすっと目をそらす。

「……特にはなかったな」と歯切れ悪く答えた。

頭に来るより先にあきれてしまう。どうしてこういう人間が教師になれるのだろう。大体、なぜ教師になろうと思ったのか。羽田にしてもそうだ。ことりには不思議でしょうがなかった。

「そうだ」鈴木が口を開く。「一つ、思い当たることがあるぞ」

「なんでしょう」

「羽田先生のせいじゃないのか」

ことりはメガネのフレームに触れた。

「どういう意味です？」

「羽田先生のやり方は問題があったらしいじゃないか」鈴木が意味深な笑みを浮かべる。「生徒をあからさまに差別してたんだろ。北野ってのは、そのせいで来なくなったんじゃないのか」

「なるほど」ことりはゆっくり瞬《まばた》きをした。「先生はご存じだったんですね」

「知ってたのは僕だけじゃないぞ」鈴木が得意げに言う。「職員室で噂になってたぐらいだ。あれはまずいだろうって」

つまり、ことりは鈴木を見据えた。

「知ってて放置してたってことですか」

「放置ってわけじゃない。先生たちだって、なにもしてなかったわけじゃないんだ」

「具体的になにをしたんです？」

「羽田先生に忠告したんだ」鈴木が口を尖《とが》らせる。「でも、羽田はまったく聴く耳を持たなかった。あいつは校長のお気に入りだったからな。僕としてもあまり強くは言えなかったんだ」

「へえ、そうなんですね」ことりは笑みに皮肉を込めた。「つまり、先生は一Dの生徒より、自分を優先したんですね」

鈴木が気まずそうに目を伏せる。

「そういうわけでは……」

「北野さんが羽田先生のせいで学校に来なくなったのかどうか、私には分かりません」ことりは淡々と告げた。「いずれにしろ、彼女が不登校であることに変わりはありません。担任として、まずは会いに行くべきだと思います」

「まあ、仕方ないだろうな」鈴木が渋々そう答える。「記録にも残さないとダメだし、一度は行くしかないか」

本来、不登校の生徒が出た場合、担任は定期的に家庭訪問をして、記録をつける必要がある。いざというときに備えて、どういうケアをしたのか、言い訳用の資料を残しておくためだ。

羽田は記録では自分も行ったことにしていたが、実際はことりに任せきりだった。よほど面倒くさかったのだろう。ついてくるだけ、鈴木はマシなのかもしれない。

「磯神は次いつ行くんだ？」

「明日の放課後です」

「じゃあ、そのとき案内してくれるか」

「分かりました」ことりは頷いた。

9

駅からの帰り道、何度も後ろを振り返った。そのたびに、すれ違う人が訝《いぶか》しげにこちらを見やる。かまっている余裕はなかった。誰かがつけているかもしれないと思うと、気が気ではない。

涌井美奈子は抱きしめるようにカバンを胸に抱えていた。とにかく足早に自宅へと急ぐ。本当はスーパーで買い物をしたかったが、昨日のことを思い出すと、とてもじゃないがその気になれなかった。

時刻はまもなく午後五時になろうとしている。上空はまだ充分に明るかった。いくらなんでも、この時間になにかをされることはないと思うが、やはり油断はできない。

昨日、あとをつけて来たのは、一体、誰だったのだろう。羽田を殺した犯人なのだろうか。塀に見え隠れする黒い傘を思い出すだけで、あの恐怖が蘇《よみがえ》ってくる。

クラスの誰かだとすれば、カースト的に下位の生徒に違いない。今日一日、自習するフリをしながら、可能性がありそうな何人かをこっそり観察していたが、特に変わった様子は見られなかった。

勘違いであってほしいと心から願う。

角を左に曲がって住宅街に入った。人通りがまばらになる。周囲を見回すが、特に怪しい人物はいなかった。さらに歩く速度を上げる。軽く息が上がってきた。

こうしてビクビクしなければならないのも、もとはと言えば自分のせいだ。下位の子をないがしろにしてこなければ、こんなふうに怯《おび》える必要はなかった。今さらながら、後悔している。

だからといって、どうすればよかったのだろう。麻耶と一緒にいる以上、それは避けられないことだ。やらなければ、自分がやられる。自らの立場を悪くしてまで、正義を振りかざす度胸は美奈子にはなかった。

正面の十字路を右に曲がれば、その先が自宅のアパートだ。背後を確認したが、目の届く範囲には誰もいない。肩の力を抜くと、美奈子は角を曲がった。そのときだった。

「——涌井さん」

突然、横から名前を呼ばれて、美奈子は飛び上がらんばかりに驚いた。声のほうを振り向いて、「あ……」と口を押さえる。

同じクラスの穴口学が電柱の側に立っていた。銀縁メガネの奥から、じっと美奈子を見つめている。

どうして穴口が——？

疑問を感じた瞬間、美奈子ははっとした。

もしかして彼が？

全身を恐怖が駆け抜けた。頭で逃げなきゃと思ったが、身体が思うように反応しない。

「どうしたの？」穴口が尋ねてくる。普段、教室で見るようなオドオドしたところはまったくなかった。

喉《のど》が焼きついたかのように、すぐには言葉が出てこない。身体が小刻みに震え出した。

穴口が不思議そうな顔をする。

「……もしかして怖がってる？」

「あ、あなたが……」

「え？」

「あ、あなたが、羽田を……」

「羽田？」穴口が訝しげに眉をひそめる。「羽田がどうかしたの？」

「あ、あなたが殺したんじゃ……」

自宅のアパートへ視線を向けた。とてもじゃないが、逃げ切れる自信はなかった。最初は意表を突けたとしても、鍵を出しているあいだに追いつかれてしまう。追いつかれてしまったら——。

「へ？」穴口がきょとんとした。「僕が羽田を？」

穴口はしばらくまじまじと美奈子を見つめてから、大きなため息をついた。

「和木や牛尾だけじゃなくて、涌井さんまでそんなふうに思ってたんだ。ちょっとショックなんだけど」

「……違うの？」

「違うよ」穴口が肩をすくめる。「残念ながら、僕じゃない。あんな奴を殺して人生を棒に振るほど、僕は愚かじゃないからね」

信じていいのだろうか。油断させるために、嘘《うそ》をついているのかもしれない。

「……じゃあ、どうしてこんなとこにいるの？」

「話があるんだ」

「……話？」

嫌な予感がした。

「涌井さんって、小日向《こひなた》さんでしょ」

　全身の血の気が引いていく。

「やっぱりそうなんだね」穴口が満面の笑みを浮かべた。「ずいぶん雰囲気変わってたから、聞いてもすぐには分かんなかった」

「……聞いたって誰に？」

「知らない」穴口が肩をすくめる。「手紙に名前なかったから」

「……手紙？」

「保健の黒川経由で手紙をもらったんだ。黒川も誰か分かんないって言ってた。たぶん、僕たちの小学校のころを知ってる奴が、一年の中にいるんじゃないかな」

　奈落《ならく》の底に突き落とされた気分だった。誰かは分からないが、余計なことをした相手を心から恨みに思う。

「美奈子ちゃんのほうは僕に気づかなかったの？」

「……うん、まあ」

「そうなんだ。僕は美奈子ちゃんほど変わってないと思うけどなあ」穴口が無邪気な笑みを浮かべる。

　美奈子は唇を噛《か》み締めた。本当に最悪だと思った。

四月、貼《は》り出されたクラス分けの表に《穴口学》の名前を見つけたときは胸がときめいた。穴口は美奈子が小学校のときの初恋の相手だったからだ。誰よりも勉強ができた穴口は、美奈子のあこがれだった。小学校三年から六年まで、毎年バレンタインのチョコレートをあげていた。六年生のときは、二人で出かけたりもしていた。

ファーストキスの相手も穴口だった。一緒に夏祭りに行った夜のことだ。場所は神社の裏、夏草のにおいがしたことをよく覚えている。生まれて初めて男の子に胸を触られたのもあのときだった。

しかし、中学生になってからは、両親の離婚で美奈子が引っ越したこともあり、疎遠になってしまった。ただ、心の中には、ずっと淡い思い出として残っていた。だから、《穴口学》の名前を見たとき、当時の感情が一気に込み上げてきたのだ。

しかし、再会した穴口は思い出の中とは相当かけ離れていた。自信満々だった姿はすっかり影を潜め、常に周囲をうかがう典型的なイジメられっ子になっていた。

幻滅するというよりは悲しかった。当時のキラキラした記憶は急速に色褪《いろあ》せていった。あのころは両親も仲がよく、美奈子にとっては一番幸せな時期だった。それごと台なしにされた気がして、美奈子は穴口のことを憎んだ。

ただ、そのこと自体はたいしたことではなかった。思い出が台なしになるくらいは、正直、些《さ》細《さい》なことだ。美奈子がもっとも恐れたのは、かつての自分たちの関係が周囲に知られることだった。

麻耶と出席番号が前後だったこともあり、美奈子は図らずもクラスでカーストの頂点グループにいる。一方、かもし出す雰囲気そのままに、穴口はクラスで最下層という烙《らく》印《いん》を押されている。穴口との過去を知られることは、美奈子にとって致命傷以外のなにものでもなかった。ヘタをしたら、自らの転落につながりかねない。

幸いなことに、両親の離婚で美奈子は《小日向》から《涌井》に変わっていた。メガネもコンタクトにしている。小学生のころに比べたら、体型もかなりスリムになった。高校で穴口に再会したあと、念のため、髪型もロングからショートに変えた。美奈子さえ黙っていれば、気づかれないはずだ——そう考えて四月からの三か月間、細心の注意を払ってやってきたつもりだった。

しかし、ついにバレてしまった。羽田が殺されたことより、美奈子にとってはこちらのほうがよっぽど大事件だった。

「ねえ、美奈子ちゃん」穴口が一歩前に出る。「二人でゆっくり話しない?」

美奈子は後ずさった。

「……なんで?」

「なんで?」穴口が首をかしげる。「だって、懐《なつ》かしいでしょ」

「私は、懐かしくなんか、ない……」

「どうして？」

「……とぼけてるの？」

「とぼける？」

「分かるでしょう」

「なにが？」

美奈子は苛立《いらだ》ちを覚えた。怒鳴りつけたい衝動に駆られる。

穴口くんと私じゃ立場が違うじゃない――。

僕さ、と穴口が学校では見せたことのない笑顔を浮かべた。

「ずっと美奈子ちゃんに会いたかったんだ。高校で一緒になれるなんて、夢にも思わなかったよ」

うれしそうな顔がかつての穴口とダブった。不意に懐かしさが込み上げてくる。

頭を振った。情に流されている場合ではない。明日からの自分がかかっているのだ。

ここで釘《くぎ》を刺しておかなければ――。

「私は二度と会いたくなかった」低い声で告げる。

嘘だった。本当は会いたいと思っていた。会いたくなかったと思ったのは、再会したあとだ。

「美奈子ちゃん……」穴口が悲しげな表情を浮かべる。

胸の奥がちくりと痛んだ。しかし、かまわず続ける。

「思い出は思い出だからいいの。今に持ち込むなんて間違ってる。そんなことでわざわざ来るなんて、すっごく迷惑」

「僕は、そんなつもりじゃ――」

「しつこい！」美奈子は思わず声を荒げた。「あれは私にとって黒歴史なの！」

「……黒歴史？」

「もう忘れたいの。私に関わらないで。昔のことも誰にも言わないで。黙っててくれるなら、なんでも言うこと聞くから」

「……なんでも？」

一瞬、ヤバいことを言ったかもしれないと思った。しかし、今さら取り返しはつかない。とにかく、と続ける。

「二度とこんなことしないで！」

美奈子はアパートへ向かって駆け出した。アスファルトを叩く靴音が周囲に響き渡る。熱気を帯びた空気が頬をなでていった。アパートの敷地に入る前に後ろを振り返る。

先ほどの場所に、穴口が立ち尽くしていた。

再び胸の奥がちくりと痛む。仕方がないことだと自分に言い聞かすと、美奈子はアパートの部屋へと駆けていった。

10

「――お待たせしました」

磯神ことりが振り返ると、黒川サキが黒いカバンを手に立っていた。紺のスーツに白いシャツという服装だ。まるで就職活動中の大学生だった。生真面目《きまじめ》なサキらしい格好だと思う。

「行きましょう」

ことりはそう告げると、先に歩き出した。サキが横に並んでくる。

時刻は午後六時を回っていた。空が夕方の気配を帯び始めている。本橋優香の家に着くころには、少し暗くなり始めているだろう。

「ごめんなさい」サキが申し訳なさそうに言った。「本当は私一人で行くべきなんだろうけど」

いいえ、とことりは首を振る。

「私も本橋先生の様子は気になっていましたから」

正門の側まで来た。先ほどまでマスコミらしき姿がチラホラ見られたが、ほとんどの生徒が帰宅した今、目の届く範囲にそれらしき相手は見当たらない。

ホッとしたようなガッカリしたような複雑な気分だった。

マスコミに追い立てられるのは、正直、煩《わずら》わしい。しかし、同時に、羽田のひどさをぶちまけたい気持ちもあった。死んだからといって、クラスを修復不能なほどメチャクチャにした罪は消えない。あの人が悪いんだ、と大声で言ってやりたかった。

「タクシーで行きましょう」

サキが大通りへ向かおうとする。ことりはそれに従った。

「――あのう、すいません」

声のほうを振り向くと、電柱の陰から若い女性が現れた。スラリとした身体つきに紺のパンツスーツがよく似合っている。

サキが警戒した表情を浮かべた。ことりをかばうようにする。

「……なにか？」

「西東京学園の方ですよね」女性がサキとことりを交互に見た。「少しお話をうかがってもよろしいですか」

「どなたです？」

「申し遅れました――」女性がスーツのポケットから名刺入れを取り出した。「週刊Gプレスの川崎と申します」と名乗りながら、サキとことりに一枚ずつ名刺を手渡す。

名刺には、《川崎環奈》と書かれていた。所属は取材部、肩書は記者となっている。

「昨日、亡くなった羽田勝先生についてお訊きしたいんですが」

「お断り――」

そう言いかけたサキを遮って、「私は羽田先生のクラスの生徒です」とことりは口をはさんだ。「クラス委員をしています」

サキが驚いたようにことりを見る。ことりが頷いて見せると、サキは苦笑いを浮かべた。どうぞ、というように肩をすくめる。

「……マジで？」

川崎と名乗った女性記者はしばらくぽかんとしていた。やがて顔に笑みが広がっていく。「よし！」と小さくガッツポーズをすると、あわてて手帳を取り出した。

「お名前は？」

「磯神ことりです」

「磯神さんね」川崎環奈がペンを持つ手を動かした。「羽田先生のクラスってことは一Dで間違いない？」

「はい」

「ねえ、磯神さん――」サキが制服の袖《そで》を引いてくる。「話すのはいいけど、ここはちょっと」

ことりは振り返った。正門から二十メートルも離れていない。サキ以外の教師に見られたら、確かに面倒なことになりかねなかった。

「川崎さん」ことりは記者のほうを向き直った。メガネを軽く押し上げる。「私たち行くところがあるんです。歩きながら簡単に答える形でもかまいませんか」

環奈が少し考えてから、「ええ、いいわ」と頷いた。

ことりが歩き出すと、川崎環奈も並んで歩き始める。サキは一歩後ろからついてきた。で、とことりは横目で環奈を見やる。

「羽田先生のなにを訊きたいんです？」

環奈が軽く咳払いをした。

「率直に言って、どんな先生だった？」

ことりは振り返った。サキと目があうと、挑発的に口元をゆるめて見せる。再び環奈へと視線を戻した。

「率直に言って、サイテーの先生でした」

環奈がにやりとする。我が意を得たりといった表情に見えた。

「そのことについて、もう少し具体的に教えてくれる？」

11

永沢南は帰宅すると、すぐに冷蔵庫からビールを取り出した。一呼吸置いて、「乾杯」と一人で軽く缶をかかげる。そのまま半分近くを飲み干した。

時刻は午後九時を回っている。昨日に比べたら、ずいぶんと早い帰宅だった。一気に中身を空にすると、二本目の缶を手に食卓の椅子に腰を下ろした。柿《かき》の種を口に放り込んで、ビールで流し込む。

夕方の捜査会議では、本橋優香が結婚式場を延期ではなく、キャンセルしていたことが報告された。式場の担当者によると、キャンセルの電話は七月三日、日曜の午前十時にあったという。羽田が殺害されたのは、翌月曜早朝の午前三時だった。

捜査員が本人に確認したところ、優香はキャンセルの事実を認めた。しかし、嘘をついたわけではなく、いずれ式を挙げるつもりでいたので、事情聴取には「延期」と答えたと主張したそうだ。

無理がある気もするが、必ずしもおかしいとは言えない。女として見栄《みえ》を張っただけかもしれなかった。ただし、式のキャンセルは、二人のあいだにトラブルがあった可能性を示唆《しさ》する。事実、捜査本部ではそう捉《とら》えていた。

すでに優香が住むマンション《エクセルオ西東京》の防犯カメラが調べられており、事件前日の夜八時から翌朝の七時までに出かけた形跡がないことが確認されている。しかし、カメラに死角があること、一階の塀を乗り越えて外に出ることも可能であるため、必ずしも優香の無実を証明することにはならなかった。

現時点で物的証拠は出てきていないが、明日以降はさらに本橋優香に絞った捜査が進められる。南も優香のことを中心に、学校関係者から話を聞くよう指示されていた。なにか証拠が出てくれば、すぐにでも逮捕状が請求されるだろう。

缶に口をつけた。炭酸の刺激が心地よい。

ベッドに放り出したカバンから、低いバイブ音が聞こえてきた。立っていって、中からスマートフォンを取り出す。画面には、《環奈ちゃん》と表示されていた。

「――もしもし」

「もう家?」前置きもなく、川崎環奈が切り出した。背後が騒がしいのは、外からかけているからだろう。

「よく分かったね」

「田無署に行ったら、とっくに会議終わったって言われたからさ。犯人、特定されたらしいじゃん」

「まだだよ」

「とぼけないで。被害者の婚約者だったんでしょ」

どうやらどこかから情報を仕入れたらしい。しかし、《特定》と言い切るのはさすがに抵抗があった。

「彼女について捜査してるのは事実だけど、クロと決まったわけじゃない。現段階では、あくまで可能性の一つ」

環奈が鼻で笑う。

「相変わらずウソがヘタねえ。まあいいわ。あんたも立場があるだろうし。でも、これで安心したでしょ」

「安心？」

「だって、昔の自分を逮捕せずに済みそうじゃない」

相変わらず、心の傷をえぐるような言い方だった。胸が締めつけられるのを感じながら、「そんなふうに思ってないし」となるべく明るい調子で答える。

「ごまかさなくていいから。でも、殺された羽田って、マジでサイアクな教師だったみたいね」

「取材したの？」

「何人かの生徒から話を聞いた。そしたら、最後に一Dのクラス委員だって子がいてさ、ちょーついてるよね。その子、あんたと同じこと言ってた。カーストの高い生徒には媚《こ》びて、低い生徒は笑いものにしてたって。恨んでた生徒も少なくないってさ」

「もしかして磯神ことりさん？」

「そうそう、その子。保健の先生と一緒にどっか行くとこみたいだった。場所は教えてくれなかったけど」

本橋優香の自宅だろう。捜査会議で、二人が優香の家を訪れたことが報告されていた。

「やっぱ保健教師って、いつの時代も生徒と仲良いのかな。教師不信のあんたも、しほりちゃんにだけはなついてたもんね」

行本《ゆくもと》しほりの弾《はじ》けるような笑顔を思い出す。当時、あの笑顔にはずいぶんと救われた。しほりがいなければ、今の自分はなかったと言ってもいい。学生時代を通して、唯一、恩師と呼べる存在だった。

「そういや、磯神って子が言ってたけど、羽田って女癖がかなり悪かったみたいね」

「そうなの？」初耳だった。

「もしかして生徒にも手を出してたりして」

「ことりさんがそう言ったの？」

「私の想像。でも、あり得ると思わない？　婚約者が羽田を殺した動機にもつながるし」

ないとは言い切れなかった。むしろ、ありそうな話に思える。浮気を知った本橋優香が婚約を解消したうえ、殺害を企てた可能性は充分に考えられた。

しかし、すべては想像に過ぎない。予断を持って行動するのはよくなかった。羽田の交友関係を調査している捜査員もいる。なにかあれば、いずれあきらかになるだろう。

「本橋優香ってかなり美人なんでしょ」

「それは確か」

「美人教師による殺人とかいいよね。被害者はイケメンだけどサイテーだし、なかなかおもしろい記事が書けそう」

「あのね、さっきも言ったけど、まだ証拠がないんだからね。本橋優香が犯人だと決まったわけじゃないの」

分かってる、分かってる、と環奈が適当な返事をする。

「とりま、その線で攻めてみるわ。また連絡する。じゃあね」と一方的に告げると、南の返事を待たずに電話は切れた。

南はため息をついた。スマートフォンをベッドに放り出す。

高校時代のどす黒い感情が、不意に湧き出てきた。あわててビールをあおると、心にフタをする。学校という環境に身を置いたせいか、昨日からつい昔のことを思い出しそうになる。

当時、担任だった山下耕介の顔が浮かんだ。四十一歳の山下は色白でいかにも繊細そうな古典教師だった。しかし、見た目とは裏腹に、実際の山下は残酷な素顔を隠し持っていた。山下の仕打ちに比べれば、クラスでのイジメさえ色あせるほどだ。

気づくと、無意識に左の手首に触れていた。

今ごろ、山下はどうしているだろう。学校を辞めたのち、奥さんと離婚したことは噂で聞いた。それ以降は、まったく分からない。

不幸であってほしいと思う一方、救われていてほしいとの思いもあった。もちろん当時のことを許したわけではないし、これからも許さない。しかし、いい意味でも悪い意味でも、一つのことで、一生が決まるとは考えたくなかった。人生がやり直せるものであってほしいのは、自分のことも含めて南の願望でもある。

放り出したスマートフォンを手に取った。アドレス帳を起《た》ち上げて、目当ての相手を呼び出す。

――田丸《たまる》（行本）しほり　080―3×××―××××

残りのビールを飲み干すと、南は発信ボタンに触れた。

Day 3

School Caste Murder in Classroom

1

上空には、朝からどんよりとした雲が広がっていた。梅雨時期特有の湿った空気が肌にまとわりつく。駅から学校まで歩いただけで、うっすらと汗をかいていた。ただでさえうんざりすることばかりなのに、ますます憂うつになってしまう。

涌井美奈子はため息をついた。本当なら学校を休みたい。しかし、母のことを考えると、ずる休みはできなかった。美奈子を高校に通わせるため、母がどれだけ無理をしているかは、側で見ている美奈子が一番よく分かっていた。

今日は麻耶たちも登校するとLINEで連絡があった。麻耶が来ること自体はかまわない。問題は、麻耶たちが穴口にちょっかいを出すことだ。その結果、ふとしたきっかけで過去がバレないとも限らない。想像するだけで、気が気じゃなかった。

それにしても、穴口はどういうつもりなのだろう。ただ懐《なつ》かしがっているだけとは思えなかった。なにか裏がある気がする。

いずれにしろ、穴口との過去がバレるわけにはいかない。そんなことになれば、今年どころか、高校生活が終わってしまう。

同じクラスの女子生徒二人が、「おはよう」と告げて追い抜いていった。「……おはよう」と応じた美奈子の声はすでに届かない。二人の足取りは、まるで美奈子から逃げるようだった。

無視はされない。しかし、仲良くもしてもらえない。それがほかのクラスメイトと美奈子との距離感だった。

本当にこれが自分の望んだ高校生活なのだろうか。しかし、今さらほかの選択肢はなかった。このままいくしか道はない。

昇降口の手前まで来て、美奈子は足を止めた。一年生の下駄箱のところに、三人の男子生徒の姿がある。

一人は穴口だった。怯《おび》えたように肩をすくめている。あとの二人は、牛尾と千代田だった。左右から下駄箱に手をついて、穴口が逃げられないようにしている。どう見ても、仲良く会話をしているようには見えなかった。

穴口が顔を上げた。目が合ってしまう。穴口の視線に気づいた牛尾たちも美奈子のほうを向いた。

「……おはよう」と仕方なく挨拶《あいさつ》をする。

おっす、と牛尾が口を斜めにした。

「めずらしく来るのおせーじゃん」

千代田は「……よう」と言いながら視線をそらす。どこか気まずそうに見えた。

立ち去ろうとしたが、美奈子より先に動いたのは牛尾だった。穴口の両肩をつかむと、前かがみになって顔をのぞき込む。

「ありがとな、穴クソせんぱい。さすが歯医者の息子は気前がよくて助かるよ。これからも頼むぜ、我が奴隷としてな」

穴口は返事をしなかった。下を向いたまま、唇を噛《か》みしめている。

「行くぞ」牛尾がさっさと歩き出した。

「あ、健人くん、待って」千代田があわててあとを追いかける。

穴口は顔を伏せたまま黙っていた。両手の拳《こぶし》を握りしめている。二人だけにされて、美奈子はどうすればいいのか分からなかった。

本当はすぐにでも逃げ出したかった。しかし、ヘタに穴口を刺激したくもない。誰か来てくれないかと思ったが、こんなときにかぎって、ほかの生徒の姿はなかった。

「僕ってかわいそうだよね」穴口が口を開いた。

「うん、まあ……」美奈子は適当に答える。

穴口が顔を上げた。メガネの奥の目が充血している。

「なのに、止めてはくれないんだ」

美奈子は視線を下げた。

「なに、してたのか、よく、分かんなかった、から……」とぼそぼそとつぶやく。

もちろん嘘《うそ》だった。牛尾の口ぶりからして、お金を巻き上げていたのだろう。当然、返すつもりはないに違いない。

急に、腕をつかまれた。上履きのまま降りてきた穴口がすぐ側に立っている。振りほどく前に、「来て」と強引に引っ張られた。想像以上に力が強くて、革靴のまま玄関に上ってしまう。穴口が歩き出すのについていくしかなかった。

助けを求めて、周囲を見回す。一瞬、女子生徒の姿が見えたが、口を開く前に階段の裏に押し込まれてしまった。廊下を歩く生徒からは、のぞき込まないと見えない場所だ。壁を背にした美奈子の両側に、穴口が手をつく。背の高い美奈子が穴口を見下ろす格好になった。

「美奈子ちゃん、僕のことが好きだったんじゃないの？」

「そ、そんなの、昔のことだから……」

「いくら昔だからって、見てて心は痛まないの？」

それに、と穴口が続ける。

「僕にとっては昔のことじゃない」

美奈子は目を見張った。

穴口が顔を近づけてくる。

不意に、あの日の記憶が蘇《よみがえ》ってきた。

お囃子《はやし》、焼きとうもろこし、浴衣《ゆかた》、ぎこちない笑顔、初めてつないだ手、不自然な沈黙、緊張、そして――。

はっと我に返ると、「いや！」と穴口を突き飛ばす。

穴口がよろけて尻《しり》もちを着いた。

「……どうして？」

「そんなの決まってるじゃない！」

「どうして決まってるの？」

「どうしてって、それは――」

「僕が《奴隷《どれい》》だから？」

「……別に、そういうわけじゃ――」

「奴隷が好きだったなんて、恥ずかしくて言えないから？」

美奈子は視線をそらした。

「奴隷が好きだったって知られたら、自分もヤバいから？」

しばらく沈黙が流れる。

穴口がゆっくりと立ち上がった。ズボンのほこりを払う。

「やっぱりそうなんだね」とメガネの奥から美奈子を見据えた。

「……それは、違う」

「どう違うの?」

答えることができない。

「ねえ、美奈子ちゃん――」穴口が一歩前に出た。「昨日、僕のこと、黒歴史だって言ったよね」

美奈子は後ずさろうとした。すぐ後ろが壁で、それ以上は下がることができない。

「あれは傷ついたなあ。気持ちは分かるけどね。奴隷とのことが和木たちにバレたら、美奈子ちゃんの立場が揺らぐわけだし」

「……なにが言いたいの?」

「黙っててあげてもいいよ」

「……ホント?」

「もちろん」穴口が笑みを浮かべる。「だって、黙ってたら、い、い、なんでも言うこと聞いてくれるんでしょ」

美奈子はまじまじと穴口の顔を見つめた。

穴口がさらに一歩前に進み出る。

ひ、と美奈子は息を飲んだ。

「なんでも聞いてくれるんだよね……」

穴口がささやくように告げる。荒い呼吸が徐々に近づいてきた。生温かい息が顔にかかる。全身に鳥肌が立った。

「――もうすぐホームルームだけど」

驚いて声のほうに視線を向けると、磯神ことりがこちらを見ていた。メガネのフレームを中指で持ち上げる。

「こんなところでなにを？」

「あ……いや、これは……」

穴口が動揺した。よろけるように美奈子から遠ざかる。

「女子をこんなところに連れてきて、なにをしようとしたの？」

穴口が口の中でなにかつぶやいた。カバンを胸に抱えると、「じゃあ」と逃げるようにことりの横をすり抜けていく。

穴口がいなくなると、美奈子はその場に座り込んでしまった。

「――大丈夫？」正面に立ったことりが美奈子を見下ろす。

「……うん」と答えた声がかすれた。

「顔色、悪いけど」

「平気だから」美奈子は立ち上がろうとしたが、よろめいて再び尻もちを着いてしまう。

「なにもされてないんでしょう」

視線を上げた。表情のない顔が美奈子に向けられている。

「……いつから見てたの？」

「ここに連れ込まれたときから」ことりが階段裏をぐるりと見回した。「うちのクラスは今日も化学室だから。間違って一Dの教室に行ってる子がいないか、見に行くところだったの」

ことりが通りかかった幸運に感謝した。同時に、穴口の今後の行動を思って絶望的な気分になる。かといって、どうすればいいのか、美奈子にはまったく分からなかった。

このまま消えてしまいたいと心から願う。もしくは穴口をこの世から消すしか――。

「とりあえず保健室に行きましょうか」

ことりの言葉に、美奈子はうな垂れるように頷《うなず》いた。

2

「どうしよっかなあ」藍子が楽しげに言った。

「どうしようって？」忍は訊《き》き返す。

藍子は唐揚げに箸《はし》を突き立てると、口の中へ放り込んだ。

「いつ言おうかと思って」

「なにを？」

昼休みだった。一年D組の教室は、今日も使用が禁止されている。午前中は、ずっと化学室で自習をしていた。

「昨日、話したでしょ」藍子はくちゃくちゃと音を立てながら食べている。「明日になれば分かるって」

「ああ、あのこと。あれって、結局、なんだったの？」

「だ、か、ら――」藍子は今にも笑い出しそうだった。「それをいつ披露しようかと思ってるの」と教室の後ろをちらりと見やる。

昨日はいなかった和木麻耶が手を叩《たた》きながら大笑いしていた。牛尾健人の膝《ひざ》の上に座っている。側に森本千里と千代田和成もいた。逆に、昨日いた涌井美奈子の姿はない。

「それを披露したらどうなるの？」

「毎日が快適になる」

「快適って？」

「昨日みたいな状態」

「それって――」忍はもう一度こっそり後方をうかがった。あからさまに何度も振り返ると、どんないちゃもんをつけられるか分からない。「あの人たちがいない状態ってこと？」

「そこまでいくかは分かんないけどね」藍子がニヤリとした。「でも、少なくとも今よりはマシになると思う」

「どうして?」

「もう楽しみすぎてドキドキ——ヤバ」藍子があわてて顔を伏せる。

直後、忍の座っていた椅子《いす》が消えた。声を上げる間もなく、後ろに倒れ込んでしまう。尾てい骨を床に打ちつけて、頭のてっぺんまで痛みが突き抜けた。

どっと教室が沸く。

「——さっきからなにコソコソしてんだよ」

声が頭の上から降ってきた。見上げると、森本千里が不機嫌そうな顔で立っている。忍の椅子に手を置いていた。

「別に、コソコソなんか——」

「してたじゃねえか、コソコソ」

忍たちが弁当を置いていた机を、千里が足の裏で蹴《け》った。机が大きく揺れて、藍子があわてて二人の弁当を押さえる。

「なんだよ、デブ。意外と早く動けるじゃねえか」後ろの席から、牛尾健人の馬鹿《ばか》にするような声が聞こえた。

さざめきのような笑いが教室を通り抜ける。

「食い意地だけはいっちょまえだな、おい」

千里が再び机を蹴った。一回、二回と続けるうち、藍子の手から忍の弁当がすり抜ける。床に落ちて中身が飛び散った。

「うわ、きったねえ」隣の男子が顔をしかめる。

母のことが頭に浮かんだ。作ってもらった弁当を汚いと言われて目頭が熱くなる。

「ちょっと、どうしたのお」麻耶があきれた声で言った。「なにイライラしてんの？なんかイヤなことでもあった？」

別に、と千里が肩をすくめる。

「こいつら、うちらのほう見て、コソコソしてたからさ。絶対、悪口言ってたよ」

へえ、と麻耶の顔から笑みが消えた。牛尾の膝から立ち上がると、机のあいだを忍たちのほうへ近づいてくる。

忍は床に座ったまま、藍子の足元へ後ずさった。

いつの間にか、教室が静まり返っていた。緊張と期待の入り混じった空気がひしひしと伝わってくる。

麻耶が千里の隣で足を止めた。腕組みをすると、顎《あご》を突き上げる。

「なに話してたのお」

忍は答えようとしたが、うまく言葉が出てこなかった。喉《のど》がからからに渇いて、息苦しささえ覚える。

「なんで黙ってるのお？　麻耶が訊いてるんだよお」

千里が大きく舌打ちをした。

「答えなさいよ！」と声を荒げる。「あんたたち、うちらの悪口言ってたんでしょ」

「……言ってない」

「は？」千里が眉《まゆ》をひそめる。「なんでタメ口なの？　山内の分際でナメてんの？」

「ゴ、ゴメンなさい！」忍はあわてて謝った。「悪口なんて言ってません。本当ですから」と同意を求めて藍子を見上げる。次の瞬間、「え……」と声を漏らしてしまった。

藍子が鋭い目で千里を睨《にら》みつけていた。意味が分からず、忍はおろおろとしてしまう。

千里が眉根を寄せた。

「はあ？」と藍子に向かって凄《すご》む。「なんだよ、その顔。てめえ、酒田のくせに逆らってんじゃねえぞ」

それでも藍子は睨みつけることをやめなかった。

「ふざけんな！」千里が藍子の腕をつかもうとした。

「触るな！」藍子が千里の手を振り払う。

忍は目を疑った。千里も一瞬なにが起こったのか分からなかったらしく、ぽかんと口を開けている。

教室の誰もが、千里と藍子を見つめていた。

我に返った千里の頬がみるみる真っ赤に染まっていく。

「酒田、てめえ――」と藍子の胸倉をつかんだ。

藍子はひるんだ様子もなく、逆に千里の手首をつかむと、ひねり上げながら立ち上がった。

「イタタ――」千里が顔をしかめる。

藍子が乱暴に千里を突き放した。よろめいた千里がかろうじて踏み止《とど》まる。忍はがく然と目の前の光景を見つめていた。

「あんた、どういうつもり……?」怒りのせいか、千里の肩は小刻みに震えていた。

「自分がムカついてるからって、八つ当たりしないで」藍子が冷静な声で告げる。

「八つ当たり?」

藍子が口元を歪《ゆが》めるように笑った。

「あんた、ホントは和木さんにムカついてるんでしょ」

千里がぎょっとした表情を見せる。横目で麻耶をうかがうと、「バッカじゃないの?」と言い返した。「どうしてあたしが麻耶ちゃんにムカつくのよ。勝手に話そらしてんじゃねえよ!」

「あたし、知ってんだから」

藍子が顎を突き出す。口元に不敵な笑みを浮かべた。忍や波留の前だけで見せる強気な表情だった。

「……なにを？」

「あたし、見たの」

「だから、なにを？」

「あんたと牛尾が二人だけで会ってるとこ」

千里がはっと息を飲む。

「肩組んで歩いてたでしょ。あたし、見たんだから」

忍はマジマジと千里を見つめた。

千里の顔がみるみる青ざめていく。

しばらくして、「ウソ……」と誰かのつぶやく声が聞こえた。

「で、でたらめ、言わないで……」やっとのことで、千里が反論した。しかし、声に力はない。

「デタラメじゃないのは、自分が一番よく分かってるでしょ」藍子が勝ち誇ったように胸をそらした。「あんた、和木さんと牛尾が仲良さそうにしてるのにムカついただけじゃん。それであたしたちに八つ当たりしたんでしょ。あんたってサイテー」

「あ、あたしは……」

千里が助けを求めるように背後を振り返った。視線の先には、ぼう然とする牛尾の姿がある。

「ちーさーとー」

麻耶が千里の肩に手を置いた。千里がびくんと反応する。

「放課後に話を聞かせてもらうから」麻耶がほほ笑んだ。そして、振り返らないまま後ろを指差す。「あの男と一緒に」

3

「――それはかわいそうだったわね」

黒川サキが涌井美奈子の肩に手を回した。

机の時計は、十二時四十分を指している。教室に戻ることを考えると、保健室にいられるのはあと十分程度だった。

美奈子はベッドに腰を下ろしている。顔色は朝よりよくなったものの、暗い表情は相変わらずだった。

保健室のすりガラスには、先ほどからぽつぽつと雨が当たり始めている。帰るころには、本降りになっているかもしれない。

ことりは雨が嫌いだった。小さいころぜんそくだったことりは、雨の日によく発作を起こした。母はそのことを極度に毛嫌いし、雨が降るとあからさまに不機嫌になった。

――あんた、ホントにめんどくさい。

――あんたといると、こっちまで具合悪くなる。

――あんたはあたしの疫病神《やくびょうがみ》。

――あんたなんか産むんじゃなかった。

――あんたがそんなだから、あの人が女を作ったのよ。

ぜんそくの発作より、母が投げかけてくる言葉のほうが何倍も苦しかった。思い出すだけで、胸が締めつけられる。

しかし、母の言葉は単なる八つ当たりではなかった。父がことりを疎《うと》ましく思っていたのは事実だった。発作を起こしたときでも、「うつるから寄るな」と顔をしかめるほど毛嫌いされていた。

――おまえといると気が滅入るなあ。

うんざりした口調でそう言いながら、父はまるで汚いものでも見るかのような目をいつもことりに向けた。

三つ年上の姉には、「仮病でお母さん独り占めして」と小さいころから目の敵にされた。叩かれたりつねられたりは当たり前、髪を燃やされたこともある。

――そのまま死んじゃえ。

小学校二年生のとき、発作を起こした耳元でそうささやかれたことは、今でも忘れられない。

すべては雨のせいだ――ことりはそう信じている。

「……穴口くんがあんな人だとは思いませんでした」美奈子が肩を落としてつぶやく。「いくらなんでもひどすぎます」

「確かにそうね」サキが慰めの言葉をかけた。「涌井さんもショックだったでしょう」

「はい。自分があんな人を好きだったなんて、考えただけで悲しくなります」

「仕方ないわよ。人は変わるものだから」

「でも、私、なんにも悪いことしてないのに」

そのひと言を聞いて、ことりはさすがにかちんと来た。考えるより先に言葉が出る。

「よくそういうことが言えるね」

美奈子がぎょっとしたように顔を上げた。サキも驚いたように、メガネの奥の目をしばたたかせる。

「あなたにそんなこと言う権利はないと思うけど」

「どうして？」美奈子が口を尖《とが》らせる。「私、襲われかけたんだよ」

「あなた、本当に穴口くんになにもしてないって言える？」

襲われかけたことには、もちろん同情する。しかし、元はと言えば、すべて美奈子自身がまいた種だ。穴口を一方的に責めることには、まったく共感できなかった。

美奈子が視線をそらす。

「なにもってことはないけど……」

「だったら、自業《じごう》自得じゃない」

美奈子が恨みがましい目でことりを見た。

「イソジンちゃん、イジワルだよ」

「そう？」

「私の気持ち、分かるでしょ」

「むしろ、穴口くんの気持ちのほうが分かるけど」

美奈子がイラついたように唇を噛んだ。カバンを手に立ち上がる。

「私、早退する。イソジンちゃん、先生に言っといて」と吐き捨てるように言うと、さっさと保健室から出ていってしまった。

「手厳しいなあ」サキが苦笑いする。

「当然のことを言ったまでです」ことりはあっさりと答えた。

4

「――すごーい。ぴったりの場所じゃん」麻耶が嬉《うれ》しそうに言う。

麻耶の声につられて、森本千里はその場を見渡した。

一辺二十メートルほどのスペースが、背の高いシートでぐるりと覆《おお》われている。頭上にもシートがあるおかげで、傘を差す必要がなかった。いくつかある電球がオレンジの光を放っている。

「親父《おやじ》の会社で建ててる家なんだけどさあ――」

自慢げに語り出したのは、ラグビー部の松田《まつだ》直哉《なおや》だった。千里たちと同じ一年D組の生徒だ。一八〇センチ以上ある身体《からだ》は、肩幅も広くがっしりとしている。

「オーナーとちょっとモメて、ここ二か月、工事が止まってるんだ。ボコる場所にはちょうどいいっしょ」

「ホント、ちょうどいいね。ありがと、直っち」

「お褒めにあずかり光栄です」松田がおどけたように頭を下げた。

「それにしてもよ――」と市村研蔵《いちむらけんぞう》が半笑いを浮かべる。

一Bの市村もラグビー部の生徒だった。松田ほど身長は高くないが、固太りの体型はいかにもラグビー部だ。制服のシャツから飛び出ている腕は丸太のように太かった。

「牛尾ちゃんもいい度胸してるよな。姫を裏切るなんて」

市村の前では、牛尾が膝を着いてうな垂れていた。すぐ側には、千代田が立っている。千里と一切、目を合わそうとしなかった。

「ホントいい度胸してるよねえ」麻耶が牛尾を見下ろす。「こいつも――」と言ってから千里を見た。「そいつも」

ぞっとするほど冷めた視線に、千里は恐怖を覚えた。身体が震えそうになるのを、ぐっとこらえる。

負けるもんか――。

もはや言い逃れをするつもりはなかった。麻耶に本当のことを告げるつもりでいる。ここに来る前、牛尾にもLINEでそう伝えてあった。返事はなかったが、牛尾も同じ気持ちに違いない。明日から教室で孤立しても、牛尾と二人なら平気だった。

「おまえさあ――」と背後から不服そうな声が聞こえてきた。「姫の前で、なんで普通に突っ立ってるわけ？　ちゃんとひざまずけよ」

いきなり背中を強く突かれる。千里はよろめいて手を着いてしまった。その手を足で払われて、顔から地面に突っ込んでしまう。

どっと場が沸いた。誰かが口笛を鳴らす。

「へえ、なかなかやるじゃん」麻耶が楽しげに言った。

手をついた姿勢で、千里は振り返った。得意げに胸をそらす酒田藍子の姿が目に入る。後ろには、山内忍が隠れるように立っていた。千里の視線に気づくと、あわてて顔を背けてしまう。

「こいつ、マジで態度デカくないっすか」藍子が鼻を鳴らした。「全然、反省してないみたいなんすけど」

藍子たちを連れてきたのは、密告に対する《ご褒美》だろう。千里に屈辱を味わわせる意図もあるのかもしれない。

「まあまあ。そっちはあとのお楽しみ」麻耶がくすくすと笑った。「まずはこっちから」と足元の牛尾を見る。

「牛尾ちゃん、おまえだってよ」

市村がしゃがむと、牛尾の顎を持ち上げた。牛尾が怯えた表情を浮かべる。

「ちゃーんと麻耶が納得できるように説明してくれる?」麻耶がほほ笑んだ。

牛尾が口元をひくつかせる。

「俺は、その——」

「気をつけてね」麻耶が遮った。「ウソついてるって麻耶が判断したら、本気でボコらせるから」

牛尾は黙り込んでしまう。本心を口にするのは勇気がいるはずだ。牛尾だけに任せるのではなく、千里も一緒に伝えたほうがいい。

そう考えて千里が助け舟を出そうとしたとき、牛尾がその場にひれ伏した。地面に額をこすりつける。

「ゴメンなさい！」

「な――？」千里は声が漏れた。

ゴメンなさい……？

「ゴメン。ホントにゴメン」牛尾が続けた。「完全に気の迷いだ。この女が――」と横目で千里を見やる。「手紙で誘ってきたんだ。だから、つい、出来心で――」

「出来心ってなに！」千里は思わず叫んでいた。「健人くんが先に手紙で告白してきたんじゃない！」

「はあ？」牛尾が眉をひそめて千里を睨む。「俺が告白なんかするわけねえだろ」

「したし！」

「してねえし」

「なんでウソつくの！」千里は必死で訴えた。「健人くん、あたしが好きなんでしょ。ここまで来たら、はっきりさせようよ。麻耶ちゃんにも言ったほうがいいって」

「おめえなんか好きなわけねえだろ」

「……え？」

「遊びだよ、遊び。だいたい俺たちなんにもなかったじゃねえか」

千里はがく然とした。

牛尾が麻耶を見上げる。

「信じてくれ。誘われたから、何度か遊んだだけだ。俺がこんなブス、相手にするわけねえだろ。なあ、麻耶、俺はおまえが――」

「……じゃあ、なんでキスしたの？」

牛尾がぎょっとしたように千里のほうを向いた。

「キスなんかしてねえだろ！」とあわてたように怒鳴る。憎しみのこもった目で千里を睨んだ。「適当なことぬかしてんじゃねえぞ！」

――じゃあさ、今度の土曜はどう？

――どっかに泊まろうよ。ね？

牛尾の言葉が頭によみがえってくる。悔しさで身体が震えそうになった。今になって、やっと自分がダマされていたのだと悟った。それだけではない。牛尾は自分だけが助かるため、千里にすべてをなすりつけようとしているのだ。

「――よーく分かりました」麻耶が軽い調子で言った。

牛尾が不安げに麻耶を見上げる。

「……分かったってなにが?」

麻耶がにっこりと笑う。

「あんたたち二人が麻耶を裏切ったってこと」

「違う!」牛尾が声を上げた。麻耶の足元にすり寄っていく。「俺は裏切ってない! 俺はおまえが――」

次の瞬間、麻耶が牛尾の顎を蹴り上げた。

牛尾の頭が後方に跳ね上がる。そのまま倒れ込むと、口を押さえながら「うう……」と地面をのたうち回った。

「麻耶のこと、おまえとか呼ばないでくれる?」麻耶の口調はいたっていつもどおりだ。

「ねえ、麻耶ちゃん」千代田が低い声で呼びかけた。

「なに?」麻耶が訊き返す。

「こいつのこと、やっちゃっていい?」千代田が牛尾に向かって顎をしゃくった。

麻耶が満面の笑みを浮かべる。

「もちろん」

5

美奈子の姿を確認した途端、穴口の表情がゆるんだ。いそいそとこちらへ向かってやって来る。歩くたび、黒い傘が上下に揺れた。そのまま飛びかかってきそうな勢いに、反射的に一、二歩後ずさってしまう。穴口は美奈子の一メートルほど手前で足を止めた。

「体調はどう？」

「体調？」

「だって、体調が悪かったから、早退したんでしょう」

「ああ……」美奈子は視線をそらした。穴口と顔を合わせたくなかったからとは言えない。「うん、もう平気」

「なら、よかった」穴口が満面の笑みを見せた。「ちょっと心配してたんだよね」

思わず舌打ちしそうになる。誰のせいだと思ってんのよ、と叫びたくなった。

時刻は、まもなく五時になろうとしている。灰色の空からは、大粒の雨が降り注いでいた。傘を持つ手に振動が伝わってくる。

一度は早退して家まで帰った。しかし、自宅に着いてから、カバンに手紙が入っていることに気がついた。中身を読んで、美奈子は青くなった。

――今日の放課後、焼却炉前に来てください。

――来なければすべてをバラします。

名前は書かれていなかったが、誰からなのかは一目瞭然《りょうぜん》だった。事実、予想どおりの相手が今、美奈子の目の前にいる。

「でも、うれしかったな」

「なにが？」

「美奈子ちゃんが僕を好きでいてくれて」

「……どういうこと？」

「ラブレターありがとう」

「は？」

「照れなくていいよ」穴口が口元をゆるめる。「僕も美奈子ちゃんのこと好きだ。だからさ――」とはにかんだ笑みを浮かべた。「僕たち、付き合おうよ。ね？」

そういうことか――。

傘を握る手に力がこもった。

自分と付き合うなら、誰にも言わない。しかし、断るなら麻耶たちに話す――穴口はそう言いたいのだろう。

最低だと思った。これまで穴口には多少の思い入れもあったが、もはや憎しみしか感じなかった。だからといって、突っぱねる度胸はない。断ることイコール明日からの地獄に直結するからだ。

「……分かった」

まるで自分の声ではないように聞こえた。誰か違う人物が勝手に答えているように感じてしまう。

「よかった」

穴口が白い歯を見せた。メガネの奥の目が優しい弧を描く。

その瞬間、一気に過去に引き戻された。穴口が好きで好きでたまらなかったころの記憶がよみがえってくる。ふと肩の力が抜けた。徐々に気持ちが軽くなっていく。

もしかしたら、これでいいのかもしれない——。

かつては好きだった相手だ。今も嫌いなタイプではない、気をつけて付き合えば、麻耶に知られることもないだろう。それなら、学校生活も安泰なままだ。必ずしも悪いことではない気がした。

「美奈子ちゃん——」

穴口が一歩前へ踏み出す。傘を持たない手を伸ばしてきた。美奈子の頬に冷たい手のひらが触れる。

「好きだよ、美奈子ちゃん……」

穴口が顔を近づけてきた。

美奈子は身を固くする。迷いを断ち切るように強く目を閉じた。

私はこの人が好きなんだ——何度もそう自分に言い聞かせた。

6

牛尾の腹部を蹴り上げた瞬間、千代田がよろめいて倒れ込んだ。立ち上がろうとするが、すでにふらふらで膝が抜けてしまう。牛尾は咳《せ》き込みながら、何度もえずいていた。しかし、すでに吐くものがないのか、口からはなにも出てこない。

「千代田選手、バテんの早すぎ」ラグビー部の松田が牛尾の首根っこをつかむと、無理やり立たせた。「千代田選手は退場ね。あとは俺たちがやるから——研蔵」と同じラグビー部の市村に声をかける。

「了解」と答えると、市村が駆け出した。牛尾の腰のあたりに全力でタックルを食らわせる。骨と骨がぶつかるような鈍い音がした。牛尾の身体がくの字に折れ曲がり、五メートル近く後ろに吹っ飛ぶ。

「すごーい」麻耶が楽しげに拍手をした。「さすがラグビー部。近くで見ると迫力が違うねえ」

ここまでついて来たことを、忍は心から後悔していた。目の前で起こっていることが、怖くて怖くて仕方がない。

「そっちは適当に痛めつけといて」麻耶が松田と市村に声をかけた。

「オッケー、姫」松田が親指を立てる。

市村も、「まかしといて」と笑った。

さて、と麻耶がぼう然と座り込んでいる森本千里に目を向ける。

「次はあんたの番」

千里の顔に恐怖の色が浮かぶ。

「い、いや……」と後ずさろうとした。

忍の隣にいた藍子が大股《おおまた》で歩き出す。千里の側まで行くと、髪をわしづかみにした。

「逃げてんじゃねえよ」

「放して！」

髪をつかむ藍子の手に力がこもった。

「暴れたら、むしり取る」

「やめて！」

「うっさい！」

藍子が千里の後頭部に、一発、二発と肘《ひじ》打ちを食らわせた。衝撃で、髪がぶちぶちと切れる。

千里が動きを止めた。目に涙をためている。藍子を横目で見ながら、「お願い……やめて……」と懇願した。

「おとなしくしねえからだよ」藍子が麻耶を振り返る。「どうします？　こいつもボコりましょうか」

「実はねえ――」麻耶がくすくすと笑った。「その子には別のバツを考えてるの」

「……別のバツ？」

「千代田、復活できそう？」

「え、僕？」千代田が戸惑ったように自分を指差す。

「そ、あんた。そろそろ動けるでしょ。ちょっとこっち来て」

千代田がゆっくりと立ち上がると、ふらふらしながら麻耶の側へ近寄っていった。

麻耶が千里を顎で示す。

「あんたさ、この女のこと好きなんでしょ」

千代田の目が泳いだ。

「いや、それは……」

麻耶が鼻で笑う。

「そうなんでしょ」

「うん。まあ……」千代田が消え入るような声で答えた。

「じゃあ、ショックだったんじゃない。あんな男に盗《と》られてさ——」

麻耶が牛尾たちのほうへ視線を向けた。忍もつられてそちらを見やる。倒れた牛尾を松田と市村が囲んで蹴っていた。

「だから、あんたにプレゼントあげようと思って」

「プレゼント？」

麻耶が笑みを浮かべた。

「この女とやらしてあげる」

え、と忍はつい声を漏らしてしまった。麻耶がちらりとこちらを向く。千代田はぼう然と麻耶を見つめていた。

「じょ、冗談でしょ……？」千里が震える声でつぶやく。

麻耶は千里を無視して続けた。

「うれしいでしょ、麻耶からのプレゼント。あの男とやってるかもしれないから、処女かは分かんないけどね」と告げてから藍子を見る。「——ということだから、酒田さんはその女が逃げないように抑えといてくれる？」

藍子が白い歯を見せた。

「オッケーです」

「で、山内さんはどうする？」

いきなり麻耶から話をふられて、忍はどぎまぎしてしまった。

「ど、どうするって？」

「酒田さんと一緒にやる？」

「……え？」

「それともそうやって突っ立ってるだけ？　それによって、あなたの今後が変わってくると思うけど」

「わ、私は……」

喉がからからに渇いていた。徐々に呼吸が浅くなっていく。

「やろうよ」藍子が明るい声で言った。「あたしら、今までこいつにさんざんなことされてきたじゃん。気にすることないって」

仕返ししたい気持ちがないと言えば嘘になる。しかし、一歩踏み出した途端、大切なものを失うような気がしてならなかった。どうしたらいいか分からず、忍はその場に立ち尽くしていた。

「ああ、もう！」

麻耶に肩を突かれた。よろめいて尻もちを着く。見上げると、冷ややかな視線が忍に向けられていた。

「麻耶、優柔不断な人ってキライなんだよね」

「あ、あ……」思わず泣きそうになる。自分が成り上がるチャンスを逃したことをはっきりと理解した。

藍子と目が合う。その目が《バカな子》と告げていた。

「まあ、こんな子はどうでもいいや」麻耶が軽い調子で言う。「それより、千代田、早くやっちゃって。うまくいけば、将来その女を《千代田千里》にできるかもよ」

「ヘンな名前！」藍子が吹き出した。

千代田が一歩、千里に近づく。

千里がはっとしたように顔を上げた。千代田に向かって、「お願い……やめて……」と震える声で告げる。

千代田がまた一歩、また一歩と千里に歩み寄っていく。

千里が逃げようとした。しかし、藍子が髪を引っ張って、無理やり地面に引き倒す。仰向けにした千里の両腕を押さえ込むと、勝ち誇った笑みを浮かべた。

「逃がすわけねえだろ」

次の瞬間、駆け出した千代田が藍子に体当たりを食らわせた。不意を突かれた藍子が、もんどり打って倒れ込む。

千代田が素早く千里を抱き起こした。強引に立たせると、顔を正面からのぞき込む。

「逃げるんだ」

千里はぽかんとしていた。涙に濡《ぬ》れた目を見開いている。

「早く！」

千代田が千里の背中を押した。千里がよろめいて地面に手をついてしまう。

「あ、そう」麻耶の声が響いた。「千代田、麻耶に逆らうんだ」

「早く逃げろ！」千代田が怒鳴った。

ねえ、と麻耶が松田と市村に声をかける。

「そっちはいいから、こっちやってくれる？」

松田が牛尾を蹴ってから、「オッケー」と振り返った。

市村は笑みを浮かべながら、「千代田ちゃん、覚悟はいい？」とこっちへ向かってくる。「俺たち、手加減しないから」

「来るなら来い！」

千代田が拳を固めた。ただし、腰が引けている。

松田が足を高く上げると、千代田の身体に叩きつけた。

蹴られた千代田がバランスをくずす。

そこを市村が捕まえた。下からすくい上げるように、千代田の腹に拳を叩き込む。千代田の身体が宙に浮かんだ。ぐうっと口から変な声が漏れる。

さらに松田と市村の容赦ない攻撃が続いた。千代田はロクに抵抗もできないまま、されるがままになっている。

やがて、千代田はくずれ落ちるようにうずくまってしまった。それでも、二人は殴る蹴るの暴行をやめようとしない。どちらも口元には楽しげな笑みを浮かべていた。

忍はぼう然とその光景を眺めていた。まるで映画のワンシーンを観《み》ているようだ。まったく実感が湧《わ》いてこない。

「——酒田さん」麻耶が静かに言った。

地面に座り込んでいた藍子が顔を上げる。

「麻耶の頼み聞いてくれる？」麻耶の視線は千里へ向いていた。「この女、ボコってほしいんだけど」

藍子の目つきが鋭くなる。

「分かりました」と答えて腰を上げた。

千里があわてて後ずさろうとした。しかし、藍子が近づくスピードのほうがはるかに速い。

「おらあ！」

藍子が革靴の裏で、千里の左肩に飛び蹴りをした。千里が仰向けに倒れ込んでしまう。土ぼこりが舞い上がった。

倒れ込んだ千里の上に、藍子が仁王立ちする。腹を足で踏みつけた。口元を歪めるように笑う。

「姫の言いつけどおり、メチャクチャにしてやるよ」藍子の足に力がこもった。

「や、やめ……て……」

「やめるわけねえだろ」

藍子が足を持ち上げてから、思いっきり踏みつけた。

千里がうめき声を上げる。

藍子が高らかに笑った。

千里の目からあふれた涙が耳の横を伝っていく。顔にはあきらめに似た絶望の色が浮かんでいた。

あれは私だ――。

千里の姿が自分に重なる。忍だって、いつあの立場になるか分からない。もしかしたら明日には、誰かに足で踏まれているかもしれない。そう考えると、居ても立ってもいられなかった。

気がついたら、藍子を思いっきり突き飛ばしていた。つんのめるように倒れ込んだ藍子が、がく然とした顔でこちらを見上げる。

「……忍？」

明日以降のことを考えると、正直、怖くて体が震えそうだった。取り返しのつかないことをしたという気持ちもある。

でも――。

忍は千里の腕をつかんで引き起こした。

「逃げよう」

千里が驚いた表情を見せた。一瞬あってから、こくこくと頷く。

「ちょっと！」麻耶の声が飛んだ。「そいつら捕まえて！」

松田が忍たちのほうへ駆け出そうとした瞬間、千代田が身体を投げ出した。足を引っかけた松田が派手に転がる。次に千代田は市村の腰にしがみついた。

「てめえ――！」市村が千代田の背中を殴る。

千代田は手を放さなかった。忍たちのほうを見ると、「逃げろ！」と怒鳴る。「頼むから逃げてくれ！」

「忍！」藍子の叫ぶ声が聞こえた。「あんた、裏切る気！」

忍は藍子を見なかった。

「行こう！」と千里の手を引きながら、一緒に走り出す。途中、自分たちのカバンを引っかけるようにつかみ取った。

シートの外に出ると、雨が顔に降りかかってくる。とにかくこの場を離れようと、千里とともに忍は全力で駆け出した。

7

公園の側を通りかかると、ランドセルを背負った三人の小学生が目に入った。なにかを囲んではしゃぎ声を上げている。

ずいぶん楽しそうだなと思ったとき、輪の中心に子猫の姿が見えた。三人は子猫に砂をかけたり、つま先で小突いたりしている。

鈴木は顔をしかめた。見なかったことにしようと視線をそらす。

「先生――」

隣を歩いていた磯神ことりが、急に口を開いた。それまでまったくしゃべらなかっただけに驚いてしまう。

「……なんだ？」

「先に行ってください」

「先に？」

「北野さんの自宅はこのまま真《ま》っ直《す》ぐです」

ことりはそう告げると、すたすたと小学生のほうへ歩いていった。鈴木はぼう然と傘を差した後ろ姿を見送る。

「——君たち、どこの学校？」

小学生たちがぎょっとした様子で振り返った。ことりを見て、ヤバいという表情が三人の顔に浮かぶ。お互いに目配せをした。

「逃げろ！」

三人が同時に走り出した。一番身体の大きい男子生徒が、ことりの身体を軽く小突いていく。ことりがわずかによろめいた。

「バーカ！」

「オンナがカッコつけてんじゃねえ！」

「死ね！　ブス！」

三人は口々に叫びながら、鈴木の横をすり抜けていく。鈴木には目もくれようとしなかった。

ことりが無表情に三人を見送っている。子猫はすでにどこかへ逃げてしまっていた。

しばらくして、ことりが戻ってくる。

「大丈夫か」

ことりがメガネの奥から鈴木を見つめた。

「はい」と薄い笑みを浮かべる。

鈴木は苦笑いした。

「おまえ、いくら相手が小学生でも気をつけたほうがいいぞ。最近の子どもはナイフぐらい持ってるからな」

ことりは若いから分かっていない。余計なことに首を突っ込むと、得てしてトラブルに巻き込まれることが多い。君子危うきに近寄らずが、もっとも優れた処世術なのだ。

「先生」

「なんだ？」

「うちのクラスでも今と同じことが起こってると思いません？」

「……同じこと？」

「見て見ぬフリです」

あ、と鈴木は声を漏らしてしまった。

こいつ、僕が見てたことに気づいてたのか——。

「い、いや、違うぞ」鈴木はあわてて言い訳をする。「小学生がいたことは知ってたが、猫がいたことには——」

さて、とことりが少し大きめの声で遮った。

「お待たせしました。行きましょう」

8

周囲は、すでに夜の気配を帯び始めていた。窓から漏れる光の中、細い雨が線を描いている。手に持つ傘へと静かに降り注いでいた。

二回目の呼び出し音で相手が電話に出る。

「——もしもし、ことりです」と先に名乗った。

ああ、と伯母の大杉佳美《よしみ》がいつもの明るい調子で応じる。

「どうかした？」

「再来週、母たちのお墓参りに行きませんか」

ことりは上空を見上げながら告げた。「父たち」でもなく「姉たち」でもなく、「母たち」と自然に出てくるのは、やはり家族の中で母の存在が一番大きかったからかもしれない。

「なによ、あらたまっちゃって」伯母が笑った。「もちろんよ。命日なんだから当たり前でしょ」

「ありがとうございます」

「他人行儀な言い方しないの。博美《ひろみ》は私にとっても妹なんだから」

「すいません」

「潤は行けないかもしれないけど」

「潤さんは部活で忙しいですから」

「ことり、潤とうまくやってる？」

「――と思います」

「こっそりイジメられたりしてない？」

「潤さんはそんな人じゃありません」

「そうね。あの子は単なるサッカーバカだもんね」

「むしろ潤さんのおかげで、学校では大きな顔ができてます」

「どういうこと？」

「三年に身内がいるだけで、一目置かれるからです」

なるほどね、と佳美が感心したように言う。

「確かに、私たちのときもそうだったわ。上級生にお兄さんお姉さんがいる子は大きな顔してたもん」

「潤さんは人気者ですから。私はその恩恵を受けてます」

「あなた、まだ学校？」

「北野波留さんのお宅です」

ことりは二階の窓へと目を向けた。カーテンは引かれていない。あの部屋には今、波留と仮担任になった鈴木卓也が二人でいる。

「あの不登校の子か。だったら、帰りはもう少しあとね」

「そうなります」

「気をつけて帰ってくるのよ。夏はおかしな人が多いから。羽田先生を殺した犯人だって、まだ捕まってないんでしょ」

「ありがとうございます」

「で、なんの用だっけ？」

「お墓参りのことです」

「お墓参り」佳美が戸惑ったように言う。「それだけ？」

「それだけです」

「ヘンな子ね」佳美が苦笑いした。「帰ってきて言えばいいのに」

「そうですね」ことりも笑う。「なんだか急に伯母さんと話したくなったんです」

わずかに間があった。

「ことり」

「はい」

「イヤなことでもあった？」

——見て見ぬフリです。

先ほど自分が鈴木に告げた言葉がふと脳裏をよぎる。

「いえ、特には」

「それならいいけど。なにかあったら、すぐに相談するのよ」

「分かりました」

「じゃあ、待ってるわね」

電話が切れた。ことりは小さくため息をつく。

伯母や伯父には本当に感謝していた。母たちと暮らしていたころより、間違いなく今のほうが幸せだと思う。自分は恵まれていると心の底から感じていた。

雨が少し強くなった。首筋に触れると、蒸し暑さのせいで汗がにじんでいる。さて、どうしようかと考えた。

そのときだった。突然、甲高い叫び声が頭上から聞こえてきた。ことりが見上げた瞬間、二階の窓ががらりと開く。

顔を出したのは、北野波留だった。ピンク色のTシャツが無残に裂けて、下着が露《あら》わになっている。

「助けて！」波留が叫んだ。「先生が——先生が——」

激しい物音が家の中から聞こえて、玄関のドアが乱暴に開いた。飛び出してきたのは、カバンを胸に抱えた鈴木だった。ただでさえ青白い顔がいつも以上に青ざめて見える。

「違う！」鈴木が怒鳴った。「僕はなにもしてない！」

「――ちょっと！」鈴木の背後に波留の母親の姿が見えた。「先生、うちの子になにしたんです！」

鈴木がはっとしたように振り返る。

「違う……」と首を振った。「僕は――僕は――」

鈴木がこちらへ向き直ると、そのまま駆け出した。ことりはとっさに鈴木の前に立ちはだかる。

「どけ！」と突き飛ばされた。よろけて尻もちを着いてしまう。手から離れた傘が、くるりと一回転して地面に落ちた。

「磯神さん、大丈夫？」

サンダルをひっかけた波留の母親があわてて近づいてくる。門のほうに目をやると、鈴木の姿はすでに見えなくなっていた。

ことりはゆっくりと立ち上がった。水の染《し》みたスカートが気持ち悪い。手も泥でひどく汚れていた。

「私はいいんです」ことりは波留の母親を見つめた。「それより早く波留さんを」

「でも――」

「あれ、見てください」ことりは二階を見上げた。

波留の母親がことりの視線の先を見やる。そこには放心状態の波留の姿があった。母親は短い叫び声を上げると、「波留ちゃん！」と家の中へ駆け込んでいった。

9

「――なんであんたまでついてくんの」千里は冷ややかに告げた。

山内忍が傷ついた表情を見せる。

「そんな言い方しなくても……」

でもさ、と千里は鼻で笑った。

「あんた、ホントにバカだよね。あたしなんか助けて。これで明日から今まで以上に狙《ねら》われるよ」

だって、と忍が口を尖らせる。

「放っとけなかったし」

辺りはすっかり夜になっていた。コンビニで買った傘に雨が降り注いでいる。忍は折り畳みの傘を差していた。

忍と千代田のおかげで、ひとまず逃げることができた。しかし、明日からのことを考えると、一気に気が重くなる。忍以上に千里が狙い撃ちされるのは間違いないだろう。

かといって、逃げるのは癪《しゃく》だった。最低でも一矢は報いたい。あの麻耶の澄ました顔を屈辱に歪ませたかった。いざとなれば、刺し違えてもいいと思っている。

「あそこじゃないかな」忍が前方を指差した。

住宅街の真ん中に、白いシートに覆われているところがある。先ほどの場所に間違いなかった。

千里は足を止める。

「あんた、帰ったら？」

「どうして？」

「あたしは千代田に義理があるから来ただけだし。あんた関係ないでしょ。あいつらまだいるかもしれないよ」

「そしたら逃げる」

「捕まったら、マジで犯されるけどいいの？」

「……ヤだけど」

「だったら、帰んなよ。帰って、転校させてくれって親に頼んだほうがいいって」

忍は黙ってしまった。恨みがましい目で千里を見る。

「……親に言えるわけないじゃん」

「どうして?」

「じゃあ、森本さんは言える? 明日からイジメられたら、それを親に言えるの?」

「言えるわけないでしょ。カッコ悪い」

「私だって一緒だよ」

ふーん、と千里は忍を見た。

「じゃあ、勝手にすれば」と目的地へ向かって歩き出す。

忍も黙って追いかけてきた。

シートの近くまで行って足を止める。耳を澄ませた。声も物音も聞こえてこない。忍と顔を見合わせる。忍が神妙な顔で頷いた。千里はさらにシートに近寄ると、そっとめくって中をのぞき込んだ。

夜になったせいか、さっきよりも暗く感じる。それでも明かりがあるので、先まで見通すことができた。二つの人影が地面に倒れている。傘を畳んで、シートの内側に入った。忍も続く。ゆっくりと人影に近づいていった。

手前が千代田で、奥が牛尾だった。どちらも仰向けに倒れている。制服はすべて脱がされ、辺りに放り出してあった。顔は原形を留めていないほど腫《は》れ上がっている。一瞬、死んでいるのかと思ったが、どちらも呼吸にあわせて胸が上下していた。

股間《こかん》が目に入って、あわてて顔をそらす。恥ずかしかったのではない。あまりにひどい状態だったからだ。特に牛尾のほうは、文字どおり目も当てられなかった。

「どうしよう……」忍が泣きそうな顔で言う。

そのとき、う、とうめき声が聞こえた。

千代田のまぶたが震える。少し間があって、うっすらと目を開けた。しばらく宙を漂っていた視線が、千里のところで止まる。口元がゆるんだ。

「や、やあ、千里ちゃん……」と身体を起こそうとするが、すぐにうめき声を上げながら股間を抑える。

千里は急いで千代田の制服を拾い上げると、側に駆け寄った。

「大丈夫？」

千代田が引きつった笑みを浮かべる。

「よかった……千里ちゃんが無事で……」

胸を突かれた気がした。

「……なによ」と顔をそらす。「弱いくせにカッコつけちゃって」

千代田がおそるおそるズボンに足を通し始めた。ときおりツラそうに顔をしかめる。

「――おい、千里……」

振り向くと、牛尾が目を開けていた。

「俺のも……取ってくれ……」

「イヤよ」千里は反射的に断る。「頼むなら山内に頼んで」

牛尾の視線が忍に向いた。

「山内……頼む……」

忍は少し迷ってから、牛尾の制服を拾い始めた。拾い終えると、牛尾の側に置いて再び距離を取る。

「もう……終わりだ……」牛尾がのろのろと制服を着け始める。ひっきりなしにうめき声を上げていた。

「終わりってなにが？」

「俺……あり得ない格好で……写真を……」牛尾の腫れ上がった顔が歪んだ。目から涙がこぼれ出す。「あんなもの……バラまかれたら……俺……もう……生きて……」

「千里ちゃん……」

制服を着終えた千代田がゆっくりと立ち上がった。少し前かがみで、足元がフラついている。

「僕……たぶん……しばらく……学校……いけないから……」とかすかに笑みを浮かべた。「明日から……気をつけて……」

もしかしたら自分がこうなっていたのかもしれない。そう考えると、千里はなにも答えることができなかった。

10

「――そこのマンションの前で停めてくれ」

声がかすれる。それでも、できるかぎり平静を装《よそお》った。

鈴木の指示に従って、タクシーがゆっくりと停車する。

入り口には、《エクセルオ西東京》と書かれた看板がかかっていた。四階建てのデザイナーズマンションだ。

金を払いながら、車内の時計に目をやる――18：58。

タクシーを降りると、傘を差さないまま、マンションの入り口に駆け込んだ。身を隠すようにして、周囲の様子をうかがう。

波留の母親が通報している可能性は充分に考えられた。その場合、鈴木の立ち回り先はマークされているおそれがある。ここは大丈夫だろうが、それでも用心に越したことはなかった。幸い、誰かに見られている様子はない。

なぜこんなことになったのか、鈴木自身さっぱり分からなかった。しかし、今の時点で申し開きをしても、信じてはもらえないだろう。痴漢は冤罪《えんざい》が多いと聞く。今回も同じようなものだ。今はとにかく逃げて、弁護士に相談したほうがいい。

エレベーターのボタンを押すと、すぐにドアが開く。乗り込んで、三階のボタンを押した。見た目はおしゃれだが、このマンションにはオートロックすらない。デザイン以外、可能なかぎり手を抜いてあるに違いなかった。

ふとこちらに向かってくる男の姿が目に入った。狭い空間で、誰かと一緒になりたくない。急いで《閉》のボタンを押す。ドアが閉まって、エレベーターが上昇を始めた。

三階で降りると、外廊下を三〇二号室へ向かう。マンションの明かりに照らされた雨が、闇《やみ》に浮かび上がって見えた。

部屋の前に着くと、チャイムを鳴らす。しばらく待った。しかし、一向に反応がない。再びチャイムを鳴らした。一回、二回、三回――。

応じる声はない。

仕事を休んでおいて、気軽に出かけるとも思えなかった。時期も時期である。もしかして寝ているのかもしれない。

もう一度、チャイムを押そうとしたとき、「……誰？」と中から小さな声が聞こえた。

鈴木はホッと息をつく。

「本橋先生」と呼びかけた。「僕だよ。鈴木」

「……鈴木先生？」当惑した声が応じる。

「ここを開けてくれ。話があるんだ」

しばらく間があった。短いため息が聞こえて、カチャリと鍵《かぎ》を外す音がする。ドアが開いて、優香が出てきた。ノーメイクのせいか、顔色が悪そうに見える。目の下にはクマができていた。

「どうしたんだい？」鈴木は驚いて訊いた。「ずいぶんと具合が悪そうじゃないか。あんなにいいことがあったのに」

優香が不審そうに眉をひそめる。

「……いいこと？」

鈴木は口元をゆるめた。

「だって、あいつが死んだじゃないか」

一瞬、ぽかんとした優香が、すぐに険しい表情へと変わった。

「悪い冗談はやめて！」と強い口調で言う。「からかいに来たのなら、今すぐ帰ってください！」とドアを閉めようとした。

「待って、待って」鈴木はあわててドアを押さえる。「お願いがあって来たんだ。少し僕をかくまってくれないか」

「はあ？」優香が怪訝《けげん》そうに目を細める。「かくまう？」

「ちょっと手違いがあってね。あの女にしてやられたんだ」

「あの女って？」

「北野波留だよ」

優香の顔が強張《こわば》った。

「……北野、さん？」

「そうだ。僕、一Ｄの担任になっただろ。それで仕方なくあの女の家庭訪問に行ったんだ。そしたらいきなり自分でシャツ破って、助けてとか叫んじゃってさ。びっくりしたよ。やっぱりあの女、淫乱《いんらん》なんだろうな。きっと羽田に仕込まれたんだよ。もちろん僕は無実だよ。でも、今の段階で言い訳しても信じてもらえない可能性があるからさ。しばらく本橋先生の家でかくまってもらおうと――」

「ちょっと待ってください」優香が遮る。「さっきからおっしゃってることの意味が分かりません」

「やだなあ、本橋先生。僕たち共犯者じゃないか。もうごまかさなくていいのに」

「共犯者？　なんの共犯者です？」

「とぼけちゃって」鈴木は笑った。「羽田を殺したことだよ」

「――その話、もう少し詳しく聞かせてもらおうか」

ぎくりとして振り返る。二メートルほど離れたところに男が立っていた。小柄だが、格闘技でもやりそうな固太りの身体をしている。先ほど一階で見かけた男だった。

男がポケットから手帳を取り出す。こちらに向かって開くと、そこには《ＰＯＬＩＣ

E》と書かれていた。

「田無署の紺野だ。今の話は本当か」

「あ、あ……」

鈴木はとっさに優香の家の中に飛び込んだ。素早く鍵を閉める。ドアロックもかけた。

「おい！　開けろ！」表から激しくドアが叩《たた》かれる。「もう逃げられんぞ！」

鈴木は途方に暮れてしまった。

「どうしよう……？」と振り返る。

優香がおびえたように鈴木を見つめていた。顔から完全に血の気が引いている。ふらつくように後ずさった。

「先生？」鈴木は怪訝に思って問いかける。「どうしたんです？」

「い、いや！」

優香が部屋の中に向かって駆け出した。

「本橋先生！」

鈴木は訳が分からず、急いで靴を脱いであとを追いかけた。ドアの外では、相変わらず怒鳴り声が響いている。優香が部屋の窓を開けると身を乗り出した。

「助けて！　人殺し！」

鈴木は驚いてしまった。あわてて優香に駆け寄ると、「本橋先生、ちょっと！」と部屋の中に引き戻そうとする。

「やめて！　殺される！」

優香が激しく抵抗した。ムチャクチャに振り回した腕が、鈴木の顔に当たる。メガネが吹っ飛んでしまった。

かっと頭に血が上る。優香の頬を平手打ちした。高い音が響き渡る。ひるんだところを床に引き倒すと、そのまま馬乗りになった。

「ふざけるな！」と怒鳴りつける。メガネがないので、優香の顔がぼやけて見えた。

「助けて！　人殺し！」優香が暴れようともがく。

「あんたが殺してくれって言ったんだろうが！」

「そんなこと言ってない！」

「どうしてウソを――」と言いかけて、鈴木ははっとした。まじまじと優香を見つめる。

視界がぼやけて、輪郭が定まらなかった。どこか夢の世界のように思えてしまう。

「あんた、もしかして、僕をダマしたのか……」

「なによ！　もう訳分かんない！　放して！」

「僕だけに罪をなすりつけるつもりだったのかあ！」

鈴木は優香の首に両手をかけた。

「許さない――そんなこと絶対に許さないぞ！」

すべての力を手に集中する。優香の口から妙な音が漏れた。

優香が鈴木の手の甲に爪《つめ》を立てる。激痛が走ったが、力はゆるめなかった。優香が足をバタバタさせる。

悔しくて悔しくて仕方がなかった。好きな女のためだと思ったからやったのに。こんなことが許されていいはずがない。

僕は――僕は――僕は――僕は――。

「君が好きだったのに！」

不意に、優香の身体から力が抜けた。

あわてて飛び退《の》く。ぼやけた視界の中、優香はぴくりとも動こうとしない。手の甲がずきずきとした。

「メ、メガネ――」

周囲を見渡すと、壁際《かべぎわ》にそれらしき物体が落ちている。床をはって取りにいった。メガネであることを確認すると、急いでかける。世界に輪郭が戻り、鈴木はがく然とした。

優香は白目をむいていた。舌はだらりとだらしなく垂れ、口角から泡を吹いている。身体の周囲には尿の水たまりができていた。

「ああ……」

鈴木は頭を抱えた。とんでもないことをしてしまった。ドアをノックする音はますます激しくなっている。

もはや逃げることはできない。

鈴木はのろのろと立ち上がった。開けっ放しの窓へと向かう。外を見下ろすと、いつの間にかやじ馬が集まっていた。遠くからサイレンの音がいくつも近づいてくる。

室内を振り返ると、優香の姿を目に焼きつけた。しばらくして短く息を吐く。鈴木は窓枠に足をかけた。

＊＊＊＊＊＊＊＊＊＊＊＊＊＊＊＊＊＊＊＊

いきなりの手紙ですみません。

折り入ってご相談があります。

実は羽田が北野波留という生徒と浮気してたんです。

私は彼を殺すつもりでいます。

もしよければ手伝ってもらえないでしょうか。

鈴木先生以外に頼れる人がいないんです。

＊＊＊＊＊＊＊＊＊＊＊＊＊＊＊＊＊＊＊＊

本気です。
先生が無理なら一人でやります。
相談したことは忘れてください。

＊＊＊＊＊＊＊＊＊＊＊＊＊＊＊＊＊＊＊＊

手紙を読んで泣いてしまいました。
本当にありがとうございます。
では私が彼を呼び出します。

＊＊＊＊＊＊＊＊＊＊＊＊＊＊＊＊＊＊＊＊

電話やメールは証拠が残ります。
手紙も全部捨ててください。
念のために学校で話すのもやめましょう。

****

彼を呼び出しました。
週明け七月四日（月）の午前三時、場所は一Dの教室です。
北野波留の名前で呼び出しています。
前にも言いましたけど、手紙はすべて処分してください。

****

11

黒川サキです。二十三歳です。私立西東京学園高等学校で養護教諭をしています。今度の事件の関係者三人とは同僚です。

ええ、手紙の受け渡しは最近よく頼まれます。今年の春、ある女子生徒が私経由で男子生徒に手紙を渡したところ、二人がうまくいったことがきっかけです。いわゆる恋のキューピッド的な扱いでしょう。高校生、特に女子はそういうことが好きですから。このアプリを使うと両想《りょうおも》いになれるとか、どこそこの神社にお参りすると恋愛運がアップするとか、そういう噂《うわさ》は常にあります。これもその一つです。きっと一年もすれば、飽きられます。

　はい。鈴木先生と本橋先生のやり取りも橋渡しをしていました。いつごろからでしょう。おそらくここ一か月ぐらいだと思います。なんだろうとは思ってました。だって、変な取り合わせじゃないですか。本橋先生は羽田先生と付き合っていましたし。

　正直、浮気も疑いました。でも、失礼を承知で言うと、鈴木先生と付き合ってて羽田先生と浮気するなら分かりますけど、逆はちょっと信じられませんでした。だから、おそらく仕事に関するなにかの相談だろうぐらいに思っていたんです。

　でも、まさか羽田先生を殺す相談をしてたなんて。私が普通に手渡している手紙で、そんな後ろ暗い相談をしてたなんて夢にも思いませんでした。本橋先生、そんな様子ちっともなかったから。今でも信じられない気分です。

　確かに、みんながどんなやり取りしてるかまでは分からないんですよね。私自身は中身を見ないわけですし。保健室を留守にしているあいだに、手紙が勝手に置いてあることもありますから。

　それにしても、いまだに信じられません。鈴木先生があの二人を殺したなんて。でも、本橋先生はずいぶんひどいことをしたんですね。鈴木先生の純粋な気持ちを利用したんですから。こんなこと言ったら怒られますけど、一番気の毒なのは、二人を殺した鈴木先生なのかもしれません。

＊＊＊＊＊

北野波留です。十五です。西東京学園の一年D組です。でも、先月ぐらいから学校には行ってません。

もちろん本橋先生とお付き合いしてるのは知ってました。でも、先生は私のほうが好きだって言ってくれたんです。だから、私はそれを信じていました。なのに、いきなり婚約だなんて……。

婚約が発表されたあと、先生から呼び出されました。そこで脅されたんです。付き合ってたことをバラしたら、写真をバラまくって。私、その、何枚か恥ずかしい写真を撮られたことがあって。それで、怖くて学校に行けなくなったんです。

きっかけは相談に乗ってくれたことです。先生から声をかけてくれたんです。いつもはイヤな感じの先生が、二人だととても優しくしてくれました。私はうれしくて、なんでも先生に相談しました。先生との時間があったから、あのころの私は和木さんたちになにを言われても、耐えることができたんです。

先生とのやり取りは、保健の黒川先生経由でやってました。もちろん匿名《とくめい》です。先生がいないあいだに、こっそり保健室に置いとくんです。もちろん封をして、私からとは分からなくしてました。

はい。基本は早朝の教室でした。そこが一番安全だって先生が言ったからです。先生と二人っきりのときは、本当に幸せでした。今までの人生で、一番幸せだったと言ってもいいぐらいです。でも、そんな幸せは先生の婚約で終わりました。

きっと私は遊ばれてたんだと思います。クラスでひどい扱いを受けてる私なら、簡単に落とせると思われたんです。そう考えると、とても悲しいです。本当にミジメな気持ちになります。

まったく恨んでないと言えばウソになります。でも、それよりは怖い気持ちのほうが大きかったです。生意気なこと言って、何度か殴られたことがありました。男の人に本気で凄まれると、殺されるんじゃないかと思ってホントに恐怖を感じるんです。

先生のことを誰かに話したことはありません。そんなことしたら、なにされるか分かりません。写真のこともありますし、ずっと自分の胸に留めていました。本橋先生に？　私が？　言うわけないじゃないですか。そんな恐ろしいことできるはずありません。

羽田先生が死んだと聞いたときは、ホントにびっくりしました。正直、信じられなかったです。でも、これで怯えなくて済むかと思うと、ちょっとだけホッとしました。もちろん悲しい気持ちもありますけど。だって、初めて付き合った人ですから。

鈴木先生のことですか。あれはびっくりしました。二人で普通に話していたら、いきなり襲いかかってきたんです。服を破かれたときは、完全なパニックになりました。

鈴木先生、私が羽田先生と付き合ってたことを知ってたんですよね。それで簡単にやれると思ったんじゃないですか。軽い女に見られたんだと思います。そういうのすごくショックです。

あの破かれたピンクのTシャツ、すごくお気に入りだったのに。もう着れないと思うと、とても悲しいです。

学校はまだ行こうという気になれません。羽田先生はいなくなりましたけど、あのクラスにはほかにもいろいろありますから。みんなが磯神さんみたいな人ばっかりならいいんですけど。

Day 4

School Caste Murder in Classroom

1

「——ええ、確かに叫んでましたよ」紺野が面倒くさそうに答える。「助けて、人殺し、殺されるって。それがどうかしました?」

田無署の道場だった。捜査員が思い思いの場所でごろ寝している。昨夜、事件が急展開を迎えたため、ほとんどの捜査員が徹夜で捜査に当たっていたからだ。

南も例外ではなかった。一晩中、鈴木が住んでいたアパートの家宅捜索をしていて、先ほど署に戻ってきた。鈴木のアパートからは、優香が出したと思われる手紙が発見されている。ちなみに優香の自宅から手紙は見つかっていなかった。

「どうして彼女は叫んだんです?」南は質問する。

「そりゃ、殺されると思ったからでしょう」

「どうして?」

「知らないっすよ。利用したことがバレて、鈴木に脅されたとかそんな感じじゃないですか」紺野が屋敷を見る。「ねえ、ヤシさん、もういいっすか。俺、さんざん絞られてぐったりなんです」

「ああ、悪かったな」屋敷が応じる。「お嬢ちゃん、もういいだろ」

はい、と南は腰を上げた。

「お休みのところすいませんでした」

紺野が、ふん、と鼻で笑う。

「でも、永沢巡査部長はさすがですね」

「なにがです？」

「今の俺によくそんな質問できるなと思って」

「どういうことでしょう」

紺野が、あのね、とあきれたようなため息をついた。

「俺、目の前で人殺されて自殺されたんすよ。左遷《させん》確実ですから。そんな俺によく話を訊《き》けますねってことです」

「……ごめんなさい」

「いいっすよ、別に。ただね――」紺野が憎しみのこもった目で南を見上げた。「サイテーな女だと思っただけです」

「紺野、言い過ぎだ」屋敷が隣から咎《とが》める。

「どうもすいません」紺野が投げやりな笑みを浮かべた。「悪気はありませんから」

「いくぞ、お嬢ちゃん」

屋敷に促されて、その場をあとにする。部屋を出る際、振り返って一礼した。紺野は背中を向けて寝転んでいた。

「――で、お嬢ちゃんはなにが知りたかったんだ?」廊下を歩きながら、屋敷が訊いてくる。

「分かりません」

「分からない?」屋敷が訝《いぶか》しげな顔をした。「現場にいた紺野に話が訊きたいと言ったのはお嬢ちゃんだぞ」

「そうですけど、分からないんです。ただ、なんとなく違和感を覚えてしまって」

「なににだ?」

「なにになでしょう?」

屋敷が苦笑いする。

「俺に訊かれても困る」

そうですよね、と南も苦笑いをした。

「なんだかピタッと収まらない気がして」

「女の勘ってやつか。そんなもの持ち出したら、また紺野みたいな奴《やつ》らの反感を買うだけだぞ」

「分かってます。だから、その違和感の正体をつかみたいんです」

「そんな必要ないだろう」

「どうしてです？」

「これは終わった事件だ。蒸し返す必要はない」

「でも、もし事件の本質に関わることだったら？」

「確信があるのか」

「分かりません。でも、そうだったら放ってはおけません」

屋敷があきれたような表情を浮かべた。

「まあ、ほどほどにしておくんだな」

2

目の前で麻耶がニヤついている。後ろから酒田藍子に羽交い絞めにされて、千里は身動きが取れなかった。

でもさあ、と麻耶が感心したように言う。

「今日、よく来れたよねえ。麻耶、びっくりしちゃった。絶対に休むと思ってたもん」

「ですよねえ」藍子が応じた。「放課後、どうやっておびき出そうか相談してたくらいっすから」

「だって、悪いことしてないし」千里は言い返した。

「へえ、そんなこと言っちゃうんだ」麻耶が大げさにのけ反る。「人の彼氏に手を出しといてよく言えるね」

それは、と千里は目をそらした。

「……悪かったと思ってる」

「だったら、悪いことしてないとか言ってんじゃねえよ！」

麻耶が手にしたカバンを、千里の顔面に叩《たた》きつけた。

頭がくらっとする。次は腹部に衝撃を覚えた。カバンの角がみぞおちに突き刺さって、込み上げてくるものがある。我慢し切れず、千里は咳《せ》き込みながら吐いてしまった。

「ちょっと――」麻耶があわてて飛び退《の》く。

「うわ！」藍子が千里を突き飛ばした。

よろめいた千里は自分が吐いたものの上に手を着いてしまう。

「こいつ、サイアク」

藍子に背後から蹴《け》られた。手がすべって、胸から吐いたものの上に乗ってしまう。鼻先に嫌なにおいが漂った。

かしゃりと音が聞こえる。

顔を上げると、麻耶がスマートフォンをかざしていた。口元には笑みが浮かんでいる。

「じゃあ、またあとでね」と手をひらひらさせながら背中を向けた。

「バーカ」と吐き捨てると、藍子が麻耶のあとを追いかけていく。

二人がいなくなって、千里は校舎裏に一人残された。ゆっくりと身体《からだ》を起こす。制服が吐いたものでべっとりと汚れていた。

みじめだった。結局、麻耶を前にすると萎縮《いしゆく》してしまう。口で言い返す程度が関の山だ。今後もきっとそうだろう。逃げるのは嫌だと意地を張ってみたが、やっぱり逃げたほうがよかったのかもしれない。先のことを考えると、目の前が真っ暗になった。あと二年以上、この状態が続く。いっそ死んだほうがマシかもしれない。

「――はい」

目の前にタオルが差し出された。

見上げると、山内忍が立っていた。

「……どうしているの？」タオルを受け取らずに質問する。

「連れてかれるとこ見ちゃったから」忍が目を伏せた。「ゴメンね。助けたいと思ったんだけど、身体が動かなくて」

千里は地面に爪《つめ》を立てた。奥歯を噛《か》みしめる。

助けてくれなかったことはどうでもいい。ほかのクラスメイトであっても、きっと同じだろう。口をはさむ可能性があるとすれば、磯神ことりぐらいしかいない。

それより、忍ごときに同情されたことが心底、嫌だった。みじめな気持ちに拍車がかかる。これ以上ない屈辱だった。

千里は手のひらを地面にこすりつけた。土を払ってから、自分のタオルを出して、制服の汚れをふき取る。においは取れなかったが、見た目はキレイになった。あとは水で洗うしかない。

タオルを差し出した格好で、忍はその場に立ち尽くしていた。困ったような表情をしている。

千里はカバンを手に腰を上げた。忍を見やる。

「気持ちだけ受け取っとく」

「……分かった」忍がタオルを引っ込めた。

でさ、と千里は続けた。

「あたしのことは放っといて」

「え?」

「あたしらがつるむと、さらにターゲットにされるだけだから。あんたも自分の身を守ることに専念しなよ」

でも、と忍が不服そうな表情を浮かべる。

「森本さんのこと心配だし」

千里はため息をついた。

「昨日のことは感謝してる。助けてくれてありがとう。でも、だからって、あたしとあんたが友だちになれるわけないでしょ」

「どうして？」

「そりゃ――」と言いかけて、千里はやめた。底辺と一緒にいてもしょうがないと伝えるのは、さすがに申し訳ない気がしたからだ。助けてもらった義理もある。

とにかく、と千里は言い直した。

「あたしたちが一緒にいると、よくないから。だいたい、あたしの心配してる場合じゃないでしょ。あんたもマジで狙《ねら》われてるから」

あ、と忍が声を漏らす。

「血……」

「血？」

「血が出てきた」忍が千里の左頬を指差す。

そっと触れてみると、手に血がついてきた。さっき麻耶に顔面を殴られたときに切れたのだろう。

「保健室行こ。ね」忍が千里の腕をつかんだ。

千里はため息をつく。忍の手を振り払った。

「一人で行けるから」と勝手に歩き出す。

「あ、待って」忍があとから追いかけてくる。

千里は無視して、どんどんと先に歩いていった。

3

一年D組の教室は久しぶりだった。教壇で羽田が死んでいたと思うと少々気味が悪いが、もちろんそれを思わせる痕跡《こんせき》はない。まずは穴口の席を確認した。どうやらまだ登校していないらしい。美奈子はホッと息をついた。

椅子《いす》に座っている麻耶に近づいていくと、「おはよう、麻耶ちゃん」と声をかける。

「おはよう」麻耶がほほ笑んだ。相変わらず見とれるほどキレイな顔だ。

「おはよう、涌井さん」

「……おはよう」と応じながら、美奈子は戸惑ってしまった。

声をかけてきたのは、酒田藍子だった。堂々と麻耶の近くに立っている。これまでに見たことのない光景だった。

昨日、なにかあったのだとすぐに察する。気をつけてみると、クラスの空気も一昨日までと少し変わった気がした。なにがあったのか分からないが、余計な詮索《せんさく》はしないことにする。ヘタなことを言って、麻耶を怒らせたくはなかった。

「そういや、牛尾くんたちはまだ来てないんだね」無難な質問でごまかそうとする。

次の瞬間、教室が静まり返った。

「え……？　あれ……？」

今の発言がまずかったのは分かった。しかし、理由が分からない。美奈子は完全にうろたえてしまった。

「牛尾くんってだあれ？」麻耶がとぼけたように首をかしげる。「麻耶、分かんない。そんな人いたっけ？」

「あ、うん……」美奈子は適当に相槌《あいづち》を打った。どう答えればいいのか、さっぱり見当がつかない。

「あ、もしかしてあの人かなあ」麻耶が天井を見つめた。「ケガして入院した人。あの人、牛尾って言ったっけ、酒田さん」

「そうっすね」藍子が答える。「千代田ってカッコつけのデブとケンカして、二人とも病院送りになりました」

「びょ――」と言いかけて、美奈子はあわてて口を押さえた。

「そっか。そうだったかも」麻耶が美奈子に笑いかける。「あの人が牛尾だったみたい。でも、たぶん二度と学校に来ることないと思う。転校するって言ってたから」

「……そう、なんだ」それ以上、言いようがなかった。

牛尾と千代田が麻耶の逆鱗《げきりん》に触れたことは、とにかく間違いがないだろう。そして、二人にはすでに制裁が下されたのだ。

あとね、と麻耶が続ける。

「森本千里って子、いたでしょ」

千里の名前が出て、ぎくりとする。

「あの子、酒田さんにすごいひどいことしたから、ちょっとクラスでお仕置きをしようって話になったの」

「……お仕置き？」

「だから、美奈子も一緒にやろう」

「……うん」

いったい、昨日、美奈子のいないあいだになにがあったのだろう。とんでもないことが起こったに違いない。それだけは理解できた。

「そういや、すごいことになったね」

話題を変えようと思って、美奈子は切り出した。千里をイジメる相談は、さすがに気が進まない。

「すごいことってなにが？」

「鈴木先生と本橋先生のこと」

ああ、と麻耶が鼻で笑う。

「あんなの単なる三角関係じゃん。麻耶たちには関係ないし」

「でも、三人も死んじゃったんだよ」

「おじさんおばさんのことは、ぶっちゃけどうでもいい。麻耶が興味あるのは、麻耶たちのことだけ」

「……そうだね」

「て、ことだから、千里がなにか言ってきても無視して。いい？」

「……分かった」

そのとき、がらりと前方のドアが開いた。

「なんだよお、今日から化学室じゃなくなったんだ」と調子外れな声で入ってきたのは穴口だった。

教室全体が戸惑いに包まれる。

「誰か教えてくれたらよかったのに。ねえ」穴口が一番前に座っている男子生徒に同意を求めた。

話しかけられた生徒は、「ああ……」と勢いに押されたように答えた。もちろん、普段から穴口と仲の良い生徒ではない。そんな男子は一年D組には一人もいなかった。

穴口が美奈子を見る。やばいと思った瞬間、穴口が満面の笑みを浮かべた。こちらへ近づいてくる。

「やあ、美奈子ちゃん、おはよう」

教室がざわついた。ささやく声が聞こえてくる。

──なになに。

──美奈子ちゃんだって。

──穴クソ、今日ヘンじゃん。

──頭おかしくなったのかも。

美奈子はぼう然とその場に立ち尽くしてしまった。

「ちょっと穴クソお」麻耶が煩《わずら》わしそうな声を出す。「あんた、なんで美奈子に馴《な》れ馴《な》れしくしてるわけ？」

穴口がメガネの奥の目を細めた。得意げに胸を張る。

「当たり前だろ」と麻耶に向かって告げた。「僕たちは付き合ってるんだから」

終わった──美奈子は天を仰いだ。

「ああ！」

大声でそう叫ぶと、教室を飛び出す。とにかくそこから逃げたくて、そのまま廊下を無我夢中で駆けていった。

4

黒川サキがあくびをした。指で涙をふくと、「ゴメンね」と苦笑いする。「遅くまで警察から話を聞かれてて」

「鈴木先生のことですか」千里が訊いた。

そう、とサキが千里の顔の傷に消毒液を塗りながら頷く。

「鈴木先生たち、私経由でやり取りしてたから」

「先生でも手紙のやり取りするんですね」忍は横から質問した。千里の背後に立って、処置が終わるのを待っている。

「あんまりないけどね。基本的には、ほとんどが生徒」

「先生もいい迷惑ですね」千里が言った。

「迷惑を受けてるのはあなたたちでしょ。担任に続いて仮担任までいなくなっちゃって。学校も今日ぐらい休みにすればいいのに。マスコミもすごかったでしょ」

はい、と忍は頷いた。

「昨日までと比べものになりませんでした」

「当たり前じゃん」千里が小馬鹿《こばか》にしたように言う。「教師が三人死ぬなんて異常だし」

「本当、異常よね」サキがため息をついた。「なんだか感覚がマヒしちゃいそう——はい。終わり」

「ありがとうございました」千里が礼を言って立とうとする。

　サキが手で千里の動きを制した。

「森本さん、ちょっといい？」

「……なんでしょう？」

「その傷はどうしたの？」

「爪で引っかきました」

「引っかいてそんな傷できる？」

「でも、実際にできたんで」

「本当に？」

「本当です」

　サキが忍を見る。

「本当なの？」

「あ、えっと——」

　忍があたふたしていると、千里が振り返った。鋭い目で睨《にら》みつけてくる。「ホントよね」と同意を強要するように言った。

「……ホントです」忍はそう答えるしかなかった。

ふーん、とサキが探るような目で見てくる。

「そういえば、二人って仲良かったたっけ？」

「特別、仲が良いわけではありません」千里が即答する。「偶然、あたしがケガしてるのに山内さんが気づいただけです。ここも山内さんが勝手についてきたんです」

千里が立ち上がった。

「じゃあ、あたしは教室に行きます。ありがとうございました」と一人でさっさと保健室を出ていってしまった。

残された忍は肩を落とした。藍子が麻耶に取り入った今、忍が仲良くできそうな相手は千里しかいなかった。千里にしても同じはずだ。それなのに、ずいぶんと冷たい対応だった。

目が合うと、サキが同情するような笑みを浮かべる。

「つれなかったわね」

「たぶん――」と言いかけて、忍は考えてから続けた。「急に状況が変化しちゃって、よく理解できてないんだと思います」

サキがメガネの奥の目を細める。

「状況が変化したってどういうこと？」

「あ、いや、それは――」

言っていいのかどうか分からなかった。ヘタにしゃべって麻耶にバレると、かえって厄介なことになりかねない。

もしかして、とサキが忍を見据えながら続けた。

「和木さんと森本さんって仲違《なかたが》いした？」

いきなり核心を突かれて、忍は目が泳いでしまう。

「えっと――」適当な言葉を探したが、すぐには見つからなかった。

「座って」サキが先ほどまで千里が使っていた椅子を示す。

忍はためらったものの、結局、腰を下ろした。

膝《ひざ》に置いた忍の両手をサキが握る。ひんやりとした手のひらに、思わずどきりとした。

「隠さなくていいの」サキが優しい声で言う。「森本さんとあなたがここに来た時点で、薄々は勘づいてたから。さっきのケガもしかしてそのせい？」

忍は視線を伏せた。

「ねえ、山内さん――」サキが下からのぞき込んでくる。「私はあなたの味方よ。大丈夫。あなたから聞いたなんて言わない。教えて。一年D組でなにが起きてるの？」

胸の奥から込み上げてくるものがあった。

「実は――」と切り出す。

一度、口を開くと止まらなかった。思いつくままに話していく。まったく順序立っていなかったが、サキは「うん、うん」と聞いてくれた。朝礼開始のチャイムが鳴ったが無視する。サキもなにも言わなかった。

話を始めて、どれだけ自分が我慢していたのかよく分かった。耐えて、耐えて、耐えてきたのだ。溜《た》まりに溜まったものを、サキ相手に吐き出し続ける。「――だから！」と忍は奥歯を噛み締めた。

「私たちは今日から、これまで以上にひどい目にあうんです！」

気づくと、肩で息をしていた。急に身体の力が抜ける。椅子から落ちそうになるのを、サキが支えてくれた。

「ありがとう。よく話してくれたわね」サキが笑みを浮かべる。「ちょっと待ってて」と立ち上がった。「少し考えるから」

「……はい」忍は機械的に頷いた。

半ば放心していた。胸の内をすべて吐き出してしまい、抜け殻になった気分だった。どこか清々《すがすが》しささえ覚えている。しかし、それも今だけのことだ。教室に行けば、そこには地獄が待っている。考えるだけで、軽くなった心が再び重くなり始めた。

「山内さん――」

名前を呼ばれて振り返る。サキが携帯電話を手に忍を見つめていた。穏やかな表情は、一瞬、聖母かと錯覚しそうになる。

「そろそろ、やり返してみる？」

突然の提案に忍は当惑してしまった。

「……やり返す？」

ええ、とサキが頷く。

「あなたにお願いがあるの」

5

教室の前で足を止めると、千里は深呼吸を繰り返した。汚れた制服は体育用のジャージに着替えている。

この扉を開けたら、なにが起こるのか予測がつかない。怖くて身体が震えそうだった。しかし、逃げたくはない。麻耶に負けるのはもちろんだが、ほかのクラスメイトに馬鹿にされるのも嫌だった。しょせん麻耶の取り巻きだったと思われたくない。

「よし」

千里は気合いを入れた。扉を開ける。

ざわついていた室内が静まり返った。

「あ、来た来た」麻耶の楽しげな声が聞こえてくる。「千里選手、待ってたよお。バックれたかと思っちゃった」

麻耶は教室の後方に陣取っていた。側に、酒田藍子とラグビー部の松田直哉がいる。同じラグビー部の市村研蔵の姿もあった。市村は一Bの生徒だが、自分のクラスを抜けてきているのだろう。

なぜか机がすべて端に寄せてあった。真ん中に広いスペースが空いている。嫌な予感がした。

酒田藍子が近づいてくる。大きな身体を揺するように歩いてきた。いきなり千里の胸倉をつかむ。

「ちょっと！　放して！」

「来い」

抵抗しようとするが、藍子の力は想像以上に強かった。引きずられるように、空いたスペースの中央に連れていかれる。突き飛ばされて、千里は床に倒れ込んでしまった。

「なにするのよ！」

顔を上げると、酒田藍子、松田直哉、市村研蔵の三人に囲まれていた。市村は小脇《こわき》にバレーボールを抱えている。

「ほらよ」市村がボールを藍子にパスした。

受け取った藍子が、「ちゅうもーく」とボールを頭の上にかかげる。「今からドッジボールやりまーす」

言い終わらないうちに、至近距離からボールを投げられた。頭を直撃して、目の前に火花が散る。弾んだボールが教室の後方へ転がっていった。松田が小走りで取りに行く。

「ワンアウト」藍子は勝ち誇った顔でこちらを見下ろしていた。

松田が走りながら戻ってくると、その場で飛び上がった。

千里は頭を抱えてうずくまる。ばちんと叩くような音がして、首筋に衝撃が走った。ひりひりと焼けつくような痛みを覚える。

「ツーアウト」

顔を上げた。今度は市村がボールを拾いに行っている。

立ち上がろうとしたが、松田に足を払われた。尻《しり》もちをついてしまう。同時に、市村がボールを下から投げつけてきた。顎《あご》の下にもろに入って、首が後ろへと弾《はじ》かれる。ぐきっという音とともに、首の後ろに激痛が走った。

「スリーアウト」

「――全然ダメじゃん、千里選手」

麻耶が近づいてくる。途中でボールを拾い上げた。藍子が道を譲るような仕草で横にどく。麻耶が千里を見下ろした。

「ジャージに着替えて、やる気満々のくせにさあ。ちゃんとキャッチしないと、いつまでもチェンジにならないじゃん」

「ひ――」口を開くと、言葉がかすれた。咳払いしてから、「ひ、卑怯者《ひきょうもの》」と言い返す。

「卑怯者? なにが卑怯なの?」

「しゅ、集団でしかなにもできないくせに」

「じゃあ、千里選手は一人でなにができるの?」

麻耶がしゃがみ込んだ。手に持ったままのボールを顔面に思いっきりぶつけてくる。衝撃で千里は仰向けに倒れてしまった。

顔がずきずきした。手で触れると、血がついてくる。どうやら鼻の中が切れたらしい。こんなときにもかかわらず、鼻血なんてカッコ悪いなと思った。

どうしてここまでエスカレートしているのだろう。普段はこれほどまでにはひどくならないはずだ。

ゆっくり身体を起こすと、教室内を見回した。そのとき、そっと後ろの扉から入ってくる山内忍の姿が目に入った。

「イソジンちゃんならいないわよ」麻耶が楽しげに言う。「あんたが来る直前、具合が悪いって保健室に行ったから。残念でした」

そういうことかと納得する。ことりがいないから、ここまでひどくなっているのだ。

麻耶が腰を上げた。白い歯を見せて笑う。

「さ、続きをしましょうか」

麻耶が手からボールを放した。蹴ろうとした足が空振りして、千里の下腹部に突き刺さる。千里はもんどり打って倒れた。呼吸ができないほどの息苦しさを覚える。床をのたうち回った。

「ゴメンねえ」麻耶の笑い混じりの声が降ってくる。「麻耶、運動神経鈍いから、ドッジボールがサッカーになっちゃった」

再び、足が腹部をめがけて飛んできた。とっさに腕で隠す。麻耶はかまわず上から蹴りつけてきた。麻耶以外の何本もの足が、背中や太ももなど別の場所を蹴ってくる。千里は身体を丸めていることしかできなかった。

「顔はやっちゃダメよ」麻耶の声が聞こえる。「目立つとバレちゃうから」

「よく言うよ。姫、さっき顔面にボールぶつけてたじゃん」

「そうだったっけ。忘れちゃった」

同じところを何度も蹴られていると、耐えがたい痛みになってくる。千里はときおり声を漏らした。

みじめだった。死にたいほどみじめだった。一回蹴られるごとに、麻耶に対する気持ちが増幅していく。

憎い、憎い、憎い、憎い――。

どれぐらいの時間が経《た》ったのか、もはやよく分からなくなっていた。一分のような気もすれば、一時間のような気もする。身体もどこが痛くて、どこが痛くないのかマヒしてしまっていた。

「ピピー、前半終了でーす」

不意に麻耶が終わりを告げた。足の雨がぴたりとやむ。

ピピー、と麻耶が愉快そうにすぐ続けた。

「後半開始でーす」

6

忍は階段を駆け下りていた。息が上がっているのは、走っているせいではない。興奮していたからだ。

一階に着くと、今度は早足で歩いていく。廊下を走っているところを見られたら、見咎められてしまう。しかし、保健室に着くまで、結局、誰とも会わなかった。

「先生――」ノックももどかしくドアを開ける。

二つの視線に出会って、忍はうろたえてしまった。

　サキはデスクの椅子に座っていた。磯神ことりはベッドに腰掛けている。ことりが保健室に行ったという麻耶の言葉を思い出した。

「磯神さん、大丈夫？」忍は声をかける。

　ことりが意外そうな表情を見せた。

「……まさか心配して来てくれたわけじゃないよね」

「あ、うん……」忍は言葉をにごす。「そうだ。えっとね、磯神さんがいないあいだ、クラスがひどいことになってて」

「ひどいこと？」ことりの表情が険しくなった。「なに？」

「和木さんたちが森本さんを、その、何人かで囲んで――」

「森本さんを？」ことりが眉《まゆ》をひそめる。「なんで森本さん？」

　そこで忍はことりが昨日の出来事を知らないのだと気づいた。知らなければ、意味が分からないのも当然だろう。

「和木さんと森本さん、仲間割れしたの」

　ことりがメガネの奥の目を見開いた。

「本当に？」

「森本さんが和木さんに内緒で、牛尾くんと付き合ってたの。そのことを知った和木さんが怒っちゃって。その関係で牛尾くんと千代田くんもひどいケガをさせられて入院して。だから、和木さんのグループ、全然人が変わっちゃったんだ」

ことりが苦笑いした。

「なんだか複雑そうね」と言って立ち上がる。「まあいいわ。教室に行けば、なんとなく分かるだろうし」

「磯神さん、大丈夫？」サキが訊いた。「熱っぽいんでしょう」

ことりが額に手を当てる。しばらくして、「大丈夫みたいです」とほほ笑んだ。

「いい加減ね」サキがあきれたように言う。「私も一緒に行こうか」

「いえ、先生が来るとややこしくなるんで。では、失礼しました」

ことりが保健室を出ていってしまった。サキと二人きりになる。

「先生」勢い込んで忍は言った。「やってきました！」

「やってきた？」

「言われたことです」

サキが目を丸くする。

「もう？」

「はい！」忍は得意になって胸を張った。「びっくりするぐらいうまくいきました」

そう、とサキが満足げな笑みを浮かべる。

「やっぱり山内さんに頼んでよかったわ」

7

重い足を引きずるように歩いていく。涌井美奈子は片側二車線の道路沿いを自宅へと向かっていた。

頭上には青空が広がっている。梅雨の晴れ間だった。しかし、美奈子の気持ちは晴れどころか土砂降りもいいところだった。

約束が違う——。

教室を飛び出してから、何度も心の中でそう繰り返している。まさか穴口がバラすとは、夢にも思っていなかった。完全にダマされた気分だった。

これでもう学校には行けない。行ったとしても、今までとは百八十度違う立場になってしまう。トップからの転落は、きっとほかの生徒を喜ばせるだろう。イジメにあう可能性もあった。

母に申し訳なかった。無理して通わせてくれている高校を続けられなくなってしまった。きっと嘆くに違いない。

働こう——そう思った。働きながら勉強して、高認試験を受けよう。高校に通うだけがすべてではない。それなら母も納得してくれるはずだ。そう考えると、少しだけ気が楽になった。

　歩行者用の信号が赤に変わる。美奈子は足を止めた。

　一台のタクシーが目の前を通り過ぎていく。少し行ったところで停車した。しばらくして飛び出すように降りてきたのは穴口だった。

「追いついた！」と満面の笑みで、美奈子の前に立ちはだかる。

　美奈子はあ然とした。

「……どうして？」と走り去るタクシーを眺めながら訊く。

「タクシーのが早いからね」穴口が得意げに胸をそらした。「お金なら心配しなくていいよ。うち、お金だけはあるんだ」

「そうじゃなくて！」美奈子は苛立《いらだ》ち混じりに言った。「どうして穴口くんがここにいるのよ！」

「そりゃ、美奈子ちゃんが心配だからに決まってるじゃん」

　道路を行き交う車が途切れた。しばらくして、歩行者用の信号が青に変わる。美奈子たち以外に歩行者はいなかった。

「は？」美奈子は眉をひそめる。「なに言ってんの？　穴口くんが私のことダマしたのが悪いんでしょ」

「ダマした？」穴口がきょとんとした。「僕が美奈子ちゃんを？」

「ダマしたじゃない。付き合ったら言わないって言ったのに」

「なにを？」

「私との関係」

「どうして？」

「ふざけんな！」美奈子は怒鳴りつけた。「私がどれほど絶望したか分かってんの！とぼけたこと言わないで！」

青信号が点滅を始める。

「ホントにどうしたの、美奈子ちゃん」穴口が戸惑った表情を見せた。心配そうに「まだ体調悪い？」と顔をのぞき込んでくる。

歩行者用の信号が赤に変わった。白い軽自動車が通り過ぎていく。続いて、次々に車が通過していった。

「大丈夫だよ」穴口が白い歯を見せる。「僕がいるから」

怒りで目の前が真っ赤に染まった。全身が熱くなる。

「僕がいるからじゃねえよ！」と穴口の肩をつかんだ。「あんたのせいだろうが！」と突き飛ばす。

穴口の口が、あ、の形になった。腕を回しながら、後方に二、三歩よろめく。次の瞬間、走ってきた車とともに穴口の姿が消えた。

耳障《みみざわ》りなブレーキ音に地響きのような衝撃——。

美奈子はぼう然とその場に立ち尽くしていた。のろのろと両手に視線を落とす。甲高い悲鳴が聞こえた。どこからだろうと思ったら、自分の口からだった。喉《のど》に裂けるような痛みが走る。それでも美奈子は叫び続けた。

8

「——やっぱりおかしい気がします」南は言った。

屋敷が苦笑いをする。

「違和感の正体でも分かったのか」

本橋優香の自宅に来ていた。ひと通り捜査は終わっているので、鑑識はすでに引き上げている。玄関に男性警官が一人立っているが、部屋の中には南たちだけだった。

「共犯だったら、表に向かって叫んだりするでしょうか」

南は開けた窓から外を見下ろしていた。空はよく晴れている。最近にしては、湿気も少なかった。

「殺されると思ったらするだろう」

でも、と南は室内を振り返った。

「共犯なんですよ」

屋敷はリビングの壁にもたれかかっていた。

「共犯だからなんだ？　殺されるはずがないとでも言うのか」

「そうは言いません」

「じゃあ、なんだ？」

「共犯の鈴木が逮捕されたら、確実に自分も捕まるじゃないですか。そんな危険をわざわざ冒します？」

「殺されるよりマシだと思ったんだろう」

「普通はそこまで怒らせる前に、もっと機嫌を取ったりすると思うんです。鈴木は人を殺すほど、本橋優香に入れ込んでたんですよ。適当におだてておけば、簡単にコントロールできたはずです」

「人を殺すほど入れ込んでたからこそ、いざというときの怒りは大きかったと考えることもできるぞ」

「まあ、そうですけど……」

南は腕組みをする。室内を見回した。

フローリングの床には、人の形にヒモが置かれている。それ以外、部屋はよく片付いていた。キレイ好きだったのだろう。

屋敷の言うことも分からないわけではなかった。しかし、どうしてもしっくりこない。優香の家を張り込んでいた紺野によると、鈴木と優香はしばらく玄関先で立ち話をしていたという。なぜ優香は最初から鈴木を部屋に入れなかったのだろう。人を殺した話をするのに、玄関先はあまりに不用心な気がした。

ほかにもある。紺野は優香が、「助けて」「人殺し」「殺される」と叫んでいたと言った。「助けて」と「殺される」は理解できる。命の危険を感じたら、普通に口から出てくる言葉だろう。しかし、「人殺し」はおかしい気がした。鈴木が羽田を殺害していることは、優香も知っていたはずだ。自分が依頼者なのだから当然だろう。なのに、助けを呼ぶ際、改めて相手を「人殺し」と呼ぶだろうか。

「あんまり深く考えるな」屋敷が壁から離れた。「鈴木の自宅からは羽田殺害に使った凶器が発見されている。奴の指紋もがっつり残っていた。本橋優香の殺害も鈴木の犯行で間違いない。自殺したことも疑いようのない事実だ。それで充分だろう」

「ですよね」口ではそう答えた。しかし、内心はやはり納得できないものを感じていた。

「もう気が済んだだろう。そろそろ行くぞ」屋敷が玄関へと向かう。

はい、と頷くと、南は窓際《まどぎわ》を離れた。

9

教室内はざわついていた。自習といっても、実際に勉強しているのは磯神ことりなど数名しかいない。ほとんどの生徒はしゃべったり、携帯をいじったりしていた。

千里は自分の机で文庫本を開いていた。これまでは麻耶の目を気にして隠していたが、もはや気にする必要はない。ただ、本を読んでいるだけで、全身がずきずき痛んだ。特に太ももの裏は座っているのがツラいほどだ。ちっとも小説の世界に没頭できなかった。

頭になにか小さいものが当たる。千里は無視した。本から目を離さない。背後から、くすくすと笑う声が聞こえた。振り向かなくても、誰なのかはすぐに分かる。

麻耶は教室の後方に、酒田藍子と松田直哉を従えて陣取っていた。ときおり手を叩いては、下品な笑い声を立てている。

視線を上げた。山内忍の席を確認するが、そこに姿はなかった。麻耶たちに囲まれているとき、教室に入ってくるのを見かけたが、あのあとどこかへ行ってしまったらしい。それが賢明だろう。しかし、千里は逃げたくなかった。麻耶には屈したくない。

「あ、戻ってきた」麻耶が楽しげに言った。「――へえ、そうなんだあ。みんな、こんなふうに思ってんだあ」とやたらと大声で話す。

「そりゃそうですよ」藍子が応じた。「あいつ、サイテーですもん」

「でも、かわいそう。本人は気づいてるのかなあ」麻耶がわざとらしい口調で告げる。「そうすりゃ、

「せっかくだから、姫が教えてやったら？」松田が笑い交じりに言った。「そうすりゃ、
自分の立場が分かるんじゃね」

「それもそうね」ガタガタと椅子の音がする。「みなさーん、投票ありがとう。それで
は結果を発表しまーす」

スリッパの音が近づいてくると、千里の横で止まった。見上げると、麻耶が口元に笑
みを浮かべている。いきなり髪をつかまれた。そのまま強引に引っ張り上げられる。

「ちょ、ちょっと、やめ――」

「クラスで一番死んでほしい人選手権、一位は森本千里さんに決まりました。拍手ぅ」

拍手が鳴り響いた。忍び笑いも聞こえてくる。

麻耶がＡ４の紙を千里の前でひらひらさせた。

「すごいねえ、あんた。大人気じゃん」

おめでとう、と一人の男子が叫ぶ。別の男子がはやし立てるように口笛を吹いた。

紙には、一年Ｄ組の生徒が出席番号順に書かれていた。《森本千里》の横には、「正」

の字が五つ並んでいる。あとは穴口学に五票、山内忍に二票、北原波留に一票入ってい
た。先ほどから、教室でなにかの紙を回していることには気づいていた。これだったの

だと改めて納得する。

「で、どうする？」

「……どうする？」

だって、と麻耶がくすくす笑う。

「みんな、あんたに死んでほしいんだよ」と室内を見回した。「だからさ、どうする？　せっかくだから期待に応《こた》えとく？」

反射的に周囲を見る。楽しげな目、興味津々《しんしん》な目、小馬鹿にしたような目、冷ややかな目――さまざまな目が千里に向けられていた。

背筋が冷たくなった。もちろん、ほとんどの生徒が冗談で答えただけだろう。本気で死んでほしいと思っているわけではない。麻耶のご機嫌うかがいで千里に票を入れただけだ。しかし――。

もしかしたら誰か一人ぐらいは本気かもしれない――。

そう考えると、恐ろしかった。誰かが自分の死を望んでいる。想像するだけで、心が黒く塗りつぶされていく気がした。

「ねえ、どうする？」麻耶が楽しそうに続けた。髪をつかむ手に力が入る。「ここにいるみんなが期待してるんだよ」

麻耶だけなら強がる気にもなれた。しかし、クラスメイトからの悪意はきつかった。

この場にいることさえ恐怖を覚える。

不意に目頭が熱くなった。あわてて拳《こぶし》を握り締める。奥歯を噛み締めた。麻耶の前で泣くことだけは絶対にしたくない。

本当に――本当にこの女だけは――。

「――私、そんな投票してないけど」

声のほうを見ると、磯神ことりがこちらを振り返っていた。

「あれ、そうなのぉ?」千里の髪から手を放すと、麻耶が小首をかしげる。「おかしいなあ。全員に回したつもりだったのに」

ごめん、とことりの隣の女子がすぐに手を合わせた。

「磯神さん、集中してるみたいだから、私が勝手に飛ばしちゃった。ごめんなさい」

「あらま。それは仕方ないなあ」麻耶が笑う。

ことりを抜かしたのは、間違いなくわざとだった。ことりがあいだに入ると、途中で止められるからだ。以前、《クラスで一番嫌われている人選手権》と銘打って投票させたとき、ことりを飛ばそうと麻耶に提案したのは千里自身だった。

「じゃあ、今、口頭で訊くねえ」麻耶が続ける。「イソジンちゃんはこのクラスで誰に一番死んでほしい?」

千里なら即答で、麻耶、と答えていた。死んでほしいどころか、この場で殺したいくらいだ。本心ではそう思っている生徒がクラスでもっとも多いに違いない。

そうだ。この女なんか——。

「私は別に誰かに死んでほしいとは思わない」ことりが答える。

「誰もいないの？」

「ええ」

「さすがイソジンちゃん。やっぱクラス委員は違うねえ」麻耶がからかうように言った。

「前はいたけど」

「……え？」

ことりが薄く笑った。

「でも、もう死んじゃった」

「ああ、羽田ね」麻耶が鼻で笑う。「だったら、鈴木に感謝しないと。まあいいや。じゃあ、これ——」と手にした紙を千里の机に叩きつけた。「あんたが人生で一位になることなんか、この先ないんだからさ。大切に取っとくといいよ」と口元をニヤつかせる。

その顔を見た瞬間、千里の中でなにかがプツンと切れた。

10

「――自殺で幕引きなんて、警察のメンツ、丸つぶれね」電話に出るなり、川崎環奈が切り出した。口調はどこか楽しげである。

まあね、と南は苦笑いした。

「でも、未解決よりはマシだから。で、なんの用？　急ぎじゃなければ、またにしてほしいんだけど」

時刻は午後六時を回っている。事件が一応の解決を迎えたこともあって、久々に早い時間に帰ることができていた。

「あんたにお礼を言いたくて」

「お礼？」

「あんたが羽田のこと調べろって言ってくれたでしょ。おかげで、おもしろいネタが拾えたの」

「おもしろいネタってなに？」

「な、い、しょ」

嫌な予感がした。北野波留の顔が頭に浮かぶ。羽田と波留の関係は、波留の年齢も考慮して公表されていない。波留の両親にさえ伏せられている。しかし、いくら箝口令《かんこうれい》が敷かれても、情報はどこからか漏れるものだ。

「写真がギリギリだったせいで、本誌には間に合わなかったんだけどさ。ウェブには明日、掲載されるから。絶対に反響すごいと思う。あんたのおかげよ。ありがとう」

「ねえ、環奈ちゃん」南は媚《こ》びるように言った。「もしかして、それって生徒のこと？

だとしたら、やめてほしいんだけど」

「同類相憐《あわ》れむ」

「……え？」

環奈が笑った。

「大丈夫だって。あんたが気にしてるネタじゃないから」

「どういうネタ？」

「むしろ逆」

「逆ってどういうこと？」

「読めば分かる。じゃあね」

一方的に電話は切れた。ため息をつくと、ポケットにスマートフォンを滑り込ませる。

「すいません」と謝りながらソファに戻った。

「川崎さん？」

向かいに座る田丸しほりが訊いてきた。胸には、先月生まれたばかりの長男を抱いている。先ほどまで泣きわめいていたが、今はぐっすりと眠っていた。

「そうです」

しほりがあきれた顔をした。

「前から言ってるけど、いい加減、彼女とは縁を切ったほうがいいわよ。あなたにとっていいことはないから」

田丸しほり、旧姓、行本しほりは南が高校のときの養護教諭だ。南にとって、恩人と言ってもいい。高三のとき、南の身になにが起こったかをすべて知っている数少ない人物だった。

「分かってはいるんですけどね」南は苦笑いした。「なんとなくずるずる続いちゃって」

しほりがため息をつく。

「あなたがいいならいいんだけどね」

――すまない。本当にすまない。

――僕の力不足だ。これからは力になるから。

当時担任だった山下は、具体的な解決策もないまま、不登校になった南の家まで足だけは頻繁に運んできた。環奈はクラス委員として一緒に来ていたが、あからさまに面倒くさそうだった。

山下がやたらと大丈夫だと言うので、不登校中も何度か南は頑張って登校したことがある。しかし、実際に学校へ行くと、山下はそのたびに見て見ぬフリをした。そして、南は再び家に閉じこもる。その繰り返しだった。

そして、事件は起こった。

その日、山下は一人で南の家にやって来た。事前に、母がいないと伝えてあった日だった。特になにも考えず、南は山下を家に上げた。部屋に入った途端、いきなり背後から抱きしめられた。

――永沢、僕はおまえが好きだ。

予想だにしなかった出来事に、すぐには事態が飲み込めなかった。ベッドに押し倒されて初めて、我に返って抵抗しようとした。しかし、両手首を押さえつけられ、男の強い力に恐怖を覚えた。

逆らったら殺されるかも――。

そう考えると、身体が動かなかった。声も出なくなった。あとはされるがままだった。

――じゃあ、またな。

自分だけ服を身に着けて立ち去ろうとする山下を見て、南は衝動的に引き出しからカッターナイフを取り出した。ドアの前に立ちはだかって、山下を睨みつけて叫んだ。

――殺してやる！

次の瞬間、山下はいきなり土下座をした。絨毯《じゅうたん》に額をこすりつけながら、南に対して一気にまくし立てた。

――すまない！　本当にすまない！

——でもおまえが好きなんだ！

——心から愛してる！

——僕の気持ちを分かってくれ！

——なあ、頼むよ、永沢！

——僕はおまえの力になりたいんだ！

上を向いた山下は涙と鼻水で顔がぐちゃぐちゃだった。その顔を見て、南は力が抜けた。垂れ下がった南の手から、山下は素早くカッターを奪い取ると、裸の南を包み込むように抱きしめた。一瞬、嫌悪《けんお》感《かん》を覚えたが、温かさにほっともした。

——大丈夫だ。おまえは僕が守る。

その夜、南は初めて手首を切った。

以後、山下は二回に一回は一人で通ってくるようになった。そのたびに南は関係を強要された。なぜ抵抗しなかったのかと言えば、最初は両親を含めた周囲に知られたくなかったからだ。しかし、回数を重ねるうちに、気持ちに変化が生じてきた。もしかしたら、自分も山下が好きだったのかもしれないと思い出したのだ。

今なら、その気持ちの変化が自分を肯定するためだったと分かる。あれは乱暴されたのではない、好きな人と結ばれただけだ、そう自身を納得させようとしたのだろう。

ひと月もすると、南は山下が一人で通ってくるのを楽しみにすら思うようになっていた。一方、風呂場《ふろば》で手首を切る回数は増えていった。自分を傷つけて血が出るのを見るとホッとできたからだ。

しかし、その状況は突然、終わりを迎えた。ある日、環奈が一人で訪ねてきて、単刀直入に質問してきた。

——あんた、山下と寝てるでしょ。

いきなりすぎて、南はごまかすことができなかった。うろたえて動揺する南を見て、環奈はしてやったりの笑みを浮かべた。

——やっぱりね。急に一人で行き出したから怪しいと思ったんだ。

——もしかして犯された？

——言いなさいよ。言わないと、クラスで言いふらすよ。

——うわ！　やっぱそうなんだ。

——山下、マジキモい。

——しほりちゃんにチクっちゃおうっと。

その後、環奈から話を聞いたしほりがすぐに動いてくれて、最終的に山下は学校から去ることになった。後任の担任教師やしほりのおかげもあって、南は学校に通えるようになり、イジメも徐々になくなっていった。

しほりには心から感謝している。ある意味、親より信頼できる存在だった。山下が突然いなくなって放心状態になったときも、南を支えてくれたのはしほりだった。

「――仕事、忙しいんでしょ」しほりが訊いてくる。

「今日やっと落ち着きました」

「無理して来なくてもよかったのに」

「先生の赤ちゃん、早く見たかったですから」

しほりが南を見てほほ笑んだ。

「抱っこしてみる?」

「いいんですか」

「頭だけ固定してあげてね」

おそるおそる赤ん坊を受け取ると、腕の中に温《ぬく》もりを感じた。

「……いいにおい」

「ホントよね」しほりが笑う。「どうして赤ちゃんっていいにおいがするのかしら」

「まだ汚い世間に触れてないからじゃないですか」

「南さん」

「はい」

「なにか嫌なことでもあった?」

南は苦笑いした。

「やっぱり先生に隠しごとはできませんね」

「仕事のこと？」

「事件の関係者に、高校のころの私と似たような子がいたんです」

「似たような子？」

「不登校になって、担任教師と関係を持った子です」

「……そう」

「そのせいで、ちょっと昔のこといろいろ思い出しちゃって。いまだに引きずってるとこもありますし。結局、あのころからあんまり変わってないなって思ったら、なんだかイヤになっちゃって――」

しほりが南の両頰に手を当てた。真《ま》っ直《す》ぐに見つめてくる。

「安心しなさい。あなたはもうしっかり立ち直ってる。自分でダメだと思ってるだけ。自信を持つの。いいわね」

不意に泣きそうになった。今日、ここに来た理由がやっと分かった。赤ん坊を見たかったわけじゃない。この言葉を聞くために、来たんだと、今、気がついた。

そのとき、赤ん坊がぐずり始めた。泣き声がみるみるうちに大きくなっていく。

「せ、先生！」南はあわてて赤ん坊を手渡した。

「はいはい」しほりが笑いながら受け取った。

Day 5

School Caste Murder in Classroom

1

「――ねえねえ、君、何年何組？」

校門の直前で、軽薄そうな男が行く手を遮った。薄い色の入ったメガネをかけ、口元には無精ひげを生やしている。

時刻は午前七時になったところだった。時間が早いせいで、周囲にはまだ生徒や教師の姿はない。

磯神ことりは冷ややかに相手を見やった。

今回の件での取材はさすがにうんざりしている。羽田ならまだしも、鈴木や本橋優香について話すことは特になかった。

「事件のことはよく分からないので」と立ち去ろうとする。

「ちょっと待って。そうじゃなくてさ――」男が再びことりの前に回り込んだ。「この記事について訊《き》きたいんだけど」とタブレットを取り出すと、画面をこちらに向けた。

一瞥《いちべつ》して、ことりは目を見開いた。

《最悪！　都内私立高校イジメ問題　リーダーは有名女優の娘か》

しばらく画面を見つめていた。《Gプレス》の文字が目に入る。背の高い女性記者の顔が目に浮かんだ。

「この記事ってホントかな」男が興味津々《しんしん》な様子で訊いてくる。

ことりはタブレットを押し返した。

「失礼します」と言って校門の中へと入っていく。

「ちょっと待ってよ！」男の声が背後から聞こえた。

ことりは無視して歩いていく。頭上を見上げた。どんよりとした雲が広がっている。

騒がしい一日になりそうだと思った。

＊＊＊＊＊

《Gプレス・Web　7月8日（金）3時2分配信》

《最悪！　都内私立高校イジメ問題　リーダーは有名女優の娘か》

またひどいイジメ問題があきらかになった。今回発覚したイジメの首謀者はある有名女優の娘だ。学校側もその事実を把握していながら、女優からの多額の寄付を受けて、実質的に目をつぶっている。このままでは最悪の事態さえ起こりかねない。独占でその実態をあきらかにする。

人形の裏の顔

舞台となる高校は、東京都西東京市にある。名前を出せば、おそらく誰でも分かる学校だ。現在、別の殺人事件でも世間を騒がしている私立高校である。

この学校の一年生にAという女子生徒がいる。見た目は、はっと目を引くような美少女だ。目元が女優である母親によく似ている。母親と一緒にテレビに出た際は、「かわいすぎる女子高生」としてネットでも話題になった。

しかし、このA、見た目は人形のように愛らしいが、中身はヤクザ顔負けの残忍さだ。同じクラスの生徒によると、クラスではいつ自殺者が出てもおかしくないほど、毎日のようにひどいイジメが繰り広げられているという。

スクールカースト

Aのクラスでは、Aを頂点として、はっきりとした上下関係がある。いわゆるスクールカーストと呼ばれるものだ。

以前はその頂点に立つのが、AとAの彼氏Bであった。「以前」と書いた理由はのちほど説明する。以前のクラスは、すべてがその二人を中心に回っていた。先日亡《な》くなった担任教師もそれを黙認していたという。

ほかのクラスメイトは全員、Aの一挙手一投足を気にしながら学校生活を送っている。Aが白いと言えば、カラスでさえ白くなるのが暗黙の了解だ。いったんAに睨《にら》まれれば、翌日から地獄のような日々が始まる。普段からそれを目《ま》の当たりにしているので、誰もAに逆らえずにいるのだ。

裏切り者には容赦ない制裁

先ほど「以前」と書いた理由を説明しよう。なぜなら、Aの彼氏Bはすでに「元彼」となっているからだ。同じグループの女子生徒Cとの浮気がバレたためである。

Aの逆鱗《げきりん》に触れたBは集団での暴行を受けて現在入院中。さらに転校を強要され、すでに退学届を提出したという。その際、Aの意にそぐわなかった別の男子生徒Dもひどい暴行を受けて入院。Bと同様、学校を辞める可能性が高いそうだ。

裏切り者には容赦ない制裁を加える。そのことにためらいすら覚えない。ぜひ思い出してほしい。これはヤクザの話ではない。現役女子高生の話なのだ。

さらに現在、Bと浮気をしたCには集団でひどいイジメが繰り返し行われている。そのイジメについて、次に写真入りで紹介していく。

百聞は一見に如《し》かず

では、どのようなイジメが行われているのか。ゴチャゴチャ語るより、写真をご覧いただきたい。これはよくある「イメージ画像」ではない。実際の現場写真である。

一枚目。倒れているのが、Aの彼氏と浮気をした少女Cだ。その前に立っているのが、首謀者の少女Aである。これはAがCの腹部を蹴《け》った直後の写真だ。みぞおちに入ったのか、Cはしばらくのたうち回っていたという。

二枚目。Aが倒れたCに容赦ない蹴りを浴びせている写真だ。口元から、白い歯がこぼれているのがお分かりになるだろうか。Aは心から楽しんでいるように見える。三枚の中で、Aの残酷さが一番浮き彫りになっている写真かもしれない。

三枚目。新たに男子二名、女子一名が参加している。計四人で女子生徒一人に暴行を加えている。それだけでも尋常でないのが分かるだろう。この暴行は十分以上続いたという。

ちなみにこの三枚目に写っている女子生徒は、もともとAたちにイジメられていた。しかし、BとCの浮気をAに教えたことで、Aの取り巻きになったのだ。底辺から頂点への華麗なる転身である。逆に、BとCは頂点から底辺へと没落した。そのことからも、このクラスでAとの関係がどれほど重要であるのかがお分かりになるだろう。

学校も黙認

最初に述べたとおり、Aの母親は有名女優Y（48）である。美魔女と言えば、多くの人が最初に思い浮かべるあの人物だ。二年前の主演映画で、念願の日本アカデミー賞主演女優賞を獲得。現在も連続ドラマで主人公の母親役として出演している。バラエティーで見せるお茶目な仕草も人気だ。

しかし、お茶の間のイメージとは裏腹に、業界では「非常識な女優」とも言われている。撮影に穴を空けたことも、一度や二度ではない。若手女優をイジメることでも有名だ。人格者で通っている大物俳優のFが共演NGにしていることからも、それはよく分かる。

Yとは二十年以上の付き合いで、娘Aとも面識があるという映画関係者は、二人について次のように話す。

「とにかくYさんはAさんを溺愛《できあい》しています。甘やかされて育ったせいか、Aさんは非常にワガママな性格です。思いどおりにならないと、すぐに癇癪《かんしゃく》を起こします。そのため、学校でも頻繁にトラブルになるんです。中学時代には、気に入らない女子生徒を自殺未遂に追い込んだこともありました。その際、Yさんは高額な慰謝料で相手の口を封じたそうです。今の高校に入学する際には、多額の寄付を条件に、娘の行動を黙認するよう約束させたとも言われています。Yさんにとって、Aさんの問題行動は想定内なのでしょう。やめさせるつもりはないんだと思います」

一刻も早い第三者の介入を

　学生生活を経験した人間であれば、誰もがAのクラスの状態に恐怖を覚えるだろう。写真のような直接的な暴力だけではない。目に見えない精神的な重圧が、多感な少年少女に日々かかり続けているのだ。いつプレッシャーに押しつぶされる生徒が出現してもおかしくはない。

　そうなってからでは遅い。一日も早く、第三者が介入する必要がある。本来は教師がやるべきであるが、教師とて雇われの身だ。学校が黙認すると決めたことに対して、反旗を翻《ひるがえ》すのは並大抵のことではない。

　今回の記事はそういった事情も斟酌《しんしゃく》したものである。未成年への配慮が足りないとの批判が出ることは覚悟の上だ。それでも、あえて掲載に踏み切ったのは、救いを求める生徒が実際に存在するからだ。弱者の声を代弁するのが、我々マスコミの役目だと信じている。

記事が関係者の背中を押すきっかけとなれば、大変に喜ばしい。今後は本誌のほうでも、この問題を追いかけていく。

2

「マジで？」教室前方の女子の輪から驚きの声が上がった。

「マジマジ。うちのお母さん、総合病院に勤めてるからさ。穴口、意識不明の重体なんだって。けっこうヤバいかもって」

「それを涌井さんがやったの？」

「そうみたい」

「どうして？」

「分かんない」

「昨日、付き合ってるとか言ってたじゃん」

「あれ、ビビったよね。穴口とかあり得ないんですけど」

「でも、涌井さん、逮捕されたらしいし」

「逮捕？　ウケる！」

へえ、と思いながら、山内忍は聞き耳を立てていた。どういう理由か気になったが、輪に加わるような度胸はない。

　それでも忍は解放感でいっぱいだった。もちろん理由は麻耶が教室にいないからだ。そして、おそらく二度と来ることもない。本当に気分がよかった。しかも、それをやったのが――。

　やっぱさ、と教室の後方から男子の声が聞こえた。

「和木は親んとこに連絡がいったのかな」

「絶対そうでしょ。それで自分だけ休んだんだって」

「きったねえよなあ。ま、あの女ならやりそうだけど」

「松田たちはどうなんだろ？」

「退学しかねえんじゃん。残ったって、ガン無視されるだけだし」

「でも、酒田とかアホだよね」

「俺も思った。マジ、三日天下でしょ」

「三日も持ってなくない？」

「かも」

　男子の話に耳を澄ませながら、忍は口元をゆるめた。スマートフォンを手に取る。腰を上げると、森本千里の席へと向かった。

3

「――森本さん」

文庫本から顔を上げると、山内忍が立っていた。しゃがみ込んで、千里の机に両腕を乗せる。

「……なに？」千里は訝《いぶか》しく思って訊いた。

先日以来、やたらとまとわりついて来てうっとうしい。友だちになりたがっているのが見え見えだった。悪いが、そのつもりはまったくない。仲間に捨てられた者同士が仲良くするなど、あまりにみっともなくてごめんだった。

「これ、見た？」忍がスマートフォンを机に置く。

タイトルを目にして、え、と千里は声を漏らした。

「読んでいいよ」

画面の記事を目で追う。女子生徒Aはあきらかに麻耶だった。そして、写真でイジメを受けている女子生徒Cは――。

「……なんなの、これ？」読み終わると、千里は忍のほうを向いた。

忍は勝ち誇った笑みを浮かべている。

「これで和木さんも終わりだね」

朝からクラスのあちこちで麻耶を話題にしていることには気づいていた。単純に麻耶が休んでいるからだろうと思っていたが、この記事のことだったのだ。

実はね、と忍が含み笑いをする。

「この写真、私が撮ったの」と声をひそめた。

千里は目を見開いた。まじまじと忍を見つめる。

「……あんたが？」

「けっこう上手でしょ」忍が得意げな表情を見せる。「記者の人にもホメられちゃった。私、こういう才能あるかも」

千里は改めて写真に目をやった。顔にモザイクのかかったみじめな自分の姿がそこにはある。この直前、忍がこっそり教室に入ってきたことを思い出していた。

「これで安心して、学校に来れるね」忍が楽しげに続ける。「森本さんも胸がすっとしたんじゃない？　私なんか普通にしててもニヤけちゃう。あーもうサイコー」

「てか、サイテー」

「……え？」忍がきょとんとした。「サイテー？」

「当たり前でしょ」千里は鼻を鳴らす。「こんな写真、日本中にさらされて、あたしが喜ぶと思ってんの？」

「でも、私は森本さんのためを思って――」

「はあ？」千里は眉根《まゆね》を寄せた。「あたしのため？　自分のためでしょ。自分のために
あたしを犠牲にしたんじゃない。だいたい隠し撮りとかズルいんだよ。あたし、あんた
みたいな奴《やつ》、大キライ」

忍が不満げに口を尖《とが》らせる。

「そんな言い方しなくても……」

それにね、と千里は手にした文庫本を閉じると腰を上げた。忍を冷めた目で見下ろす。

「あんたに助けてもらいたくないから。あたしはあたしであの女とケリをつけるの。余
計なことしないで」

なにごとかとほかの生徒たちがこちらを眺めていた。

千里は教室を見回す。

「和木麻耶の記事の写真、ここにいる山内が撮ったんだって」と忍を人差し指で示した。

「えーマジ？」と女子の声。

「それはないわ」と一人の男子がつぶやく。

クラスメイトの視線が、一斉に忍へと投げかけられた。

「あ、あ……」

忍がおびえたように震え出す。あわてて立ち上がると、逃げるように教室から飛び出

していった。

千里は腰を下ろすと、再び文庫本を開いた。ほかの生徒の視線を感じたが、顔は上げない。やがて「今の——」「あれは——」と教室内は元どおりざわつき始めた。

しばらく文字を目で追っていると、「森本さん」と呼ばれる。見上げると、磯神ことりが側に来ていた。

今のことで文句を言われるのかと身構える。

「……なに？」

「千代田くんのお見舞いには行った？」

予想外の質問に戸惑ってしまった。

「……行ってないけど」

「今日の放課後、一緒に行かない？」

「どうしてあたしが？」

「だって、あなたを助けようとして彼は入院したんでしょ」

「あたしが頼んだわけじゃないし」

「でも、礼儀として一回ぐらいは見舞いに行ったほうがいいと思う。彼、退学届も出したみたいだし」

「……そうなの？」

「そう聞いた」

千里は少し考えてから、「分かった」と頷《うなず》いた。

ことりが満足げな笑みを浮かべる。

「じゃあ、放課後に」と告げると、自分の席へ戻っていった。

4

「――はい、どうぞ」サキがカップを差し出してくる。「熱いから気をつけてね」

「ありがとうございます」忍はカップを受け取ると、一口すすった。爽《さわ》やかな柑橘《かんきつ》系の香りが口に広がる。「おいしい……」

「オレンジピールのハーブティーよ」サキは立ったまま、デスクにもたれかかった。自分もカップに口をつける。「気持ちを落ち着かせる作用があるの」

教室を飛び出した忍は保健室に来ていた。ほかに生徒の姿はない。

でも、とサキが続けた。

「その言い方はひどいわね」

「先生もそう思います？」

「思うわ」サキが頷く。「だって、あなたは彼女のために危険を冒したのに。サイテー呼ばわりは、さすがにないと思う」

サキの言うとおりだ。どう考えても忍に悪いところはない。むしろ感謝されるべきだ。思い出すだけで悔しかった。

それだけではない。千里が余計なひと言を口にしたせいで、クラスメイトから軽蔑《けいべつ》されたかもしれなかった。せっかく麻耶の支配から解放されたのに、再び奈落《ならく》の底に突き落とされた気分だった。

しかし、誰もが本当に勝手だ。麻耶の記事が出たことは、クラス全員が痛快に感じていたはずだ。現に、今日の一年D組にはどこか浮かれた雰囲気があった。だったら、そのきっかけを作った忍はヒーローであるべきだ。にもかかわらず、なぜあのような冷たい視線を向けられなければならないのか。忍には理不尽に思えてならなかった。それもこれも、すべては千里のせいだ。恩を仇で返されたも同然だった。本当に許せない。

まあね、とサキが苦笑いする。

「森本さん、もともと和木さんと一緒になって、いろいろやってたわけだし。かなり自分勝手な子なんでしょう」

そうなのだ。考えてみれば、千里にはこれまでさんざん嫌なことをされてきた。麻耶の標的にされているのを見てつい勘違いしたが、本来は同情する必要のない相手なのだ。

「先生――」とサキを見上げる。「私、どうすればいいでしょう」

「そうねえ」

サキがデスクの携帯に目をやる。手に取ってしばらく操作してから再び戻した。椅子《いす》に座ると、忍の顔をのぞき込んでくる。

「山内さん」

「はい」

「私はあなたの味方よ。あなたがクラスで伸び伸びと、楽しく、晴れやかな気持ちで過ごせるようになってほしいと心から願ってる」

「先生……」忍は感動した。誰かにそんなふうに言ってもらったのは初めてだった。

だからね、とサキが忍の両手を握り締める。

「どうやったらそうなるか、真剣に相談しましょう」

5

――フォロー：1　フォロワー：10265
スマートフォンにそう表示されている。見ているうちに、フォロワー数がまた二人増えた。しばらくすると、さらに一人増える。

和木麻耶はぼんやりとツイッターの画面を眺めていた。今朝からベッドにうつ伏せで、ずっとそうしている。

朝起きた時点ではフォローが198、フォロワーが3000程度だった。それがわずか数時間で劇的に変化していた。

まるで夢を見ている気がした。しかし、これは夢ではない。あきらかに現実の出来事だった。

麻耶がフォローしていたのは、芸能人やモデルばかりだ。母の関係で知り合ったり、母の名前を出してツイッター上で話しかけたりして、《相互フォロー》をしていた相手だった。今回の記事を知って、彼らはあわてて麻耶からのフォローを《ブロック》したのだろう。それでフォロー数が勝手に激減したのだ。

逆にフォロワーが激増しているのは、麻耶をさらし者にしようとしている人たちに違いない。先ほどから過去のさまざまなツイートが、ものすごい勢いでリツイートされている。確認はしていないが、悪意のあるコメントが数多くそえられているのは容易に想像できた。

次の瞬間、フォローの《1》が《0》に変わる。

「あ……」と思わず声が漏れた。

ため息をつくと、枕《まくら》に顔を埋める。唇を噛《か》み締めた。

「ちくしょう……」絞り出すような声になる。

顔を上げた。スマートフォンをつかむ。フォロワー数がさらに三人増えたのが目に入った。

「ちくしょう！」

壁にスマートフォンを叩《たた》きつける。破壊音とともに、破片が床に飛び散った。大声を上げながら、手足をバタバタさせる。

「ちくしょう！　ちくしょう！　ちくしょう！　ちくしょう！」

階下から駆け上がってくる足音が聞こえた。ドアが乱暴に開く。

「うるさい！」母が怒鳴った。

「うるさくない！」麻耶は怒鳴り返す。

もともと険しかった母の顔がさらに険しくなった。大股《おおまた》で歩み寄ってくると、麻耶の髪を鷲《わし》づかみにする。

「なに口ごたえしてんの！」

「放して！」

母が髪をつかんだ手を激しく前後に揺すった。

「あなたね、自分がなにしたか分かってんの！」

「やめて！」

「あなたのせいで、朝から三社もCMの打ち切りが決まったのよ。映画の話も二つポシャったわ。どうしてくれるの？　これでいくらの損害になるか分かってんの！　それどころじゃない。私の女優人生、ヘタしたら終わるんだから！」

「だから、謝ったじゃん！」

「謝って済むもんじゃないでしょ！」

一発、二発、三発——頬を叩かれた。身体《からだ》が左右に振られたせいで、髪がぶちぶちと切れる。

母に殴られたのは初めてだった。母だけではない。殴られたこと自体、生まれて初めての経験だった。

突き放すように、母が髪から手を放した。麻耶はベッドに倒れ込んでしまう。

「うう……」喉《のど》の奥から声が漏れた。

これほどの屈辱を味わったことはない。痛さと悔しさと腹立たしさで身体の震えが止まらなかった。

とにかく、と母が荒い息をしながら言った。

「あとのことはママがなんとかするから。あなたはしばらくおとなしく家にこもってなさい。いいわね」

麻耶は返事をしなかった。

母がため息をつくと、部屋を出ていく。

麻耶は顔を上げた。閉まったドアを睨みつける。

いくらママでも――。

ベッドから跳ね起きると、麻耶はドアを開けて部屋を飛び出した。

階段を降りかけた母が驚いたように振り返る。

「どうしたの?」

「いくらママでも――」麻耶は憎しみを込めて言った。「麻耶を侮辱することは許さない!」と背中を思い切り突き飛ばす。

あ、と母が声を上げた。

身体が一瞬、宙に浮く。階段の途中に落下すると、母はそのまま一番下まで転げ落ちていった。

「バーカ!」麻耶は高らかに笑った。「麻耶を侮辱する奴はみんなこうなるのよ。ざまあみろ」

6

「――どうぞ」お茶を出してくれると、北野波留の母親は当然のように床に腰を下ろそうとした。

「すいません、お母さん」南は声をかける。「申し訳ありませんが、波留さんと二人でお話させてください」

母親が不審げに眉をひそめた。

「……どうしてです？」

「鈴木先生の件に関して、少しだけ突っ込んだお話をうかがいたいからです」

「だったら、なおさら私がいたほうがいいでしょう」母親が胸を張った。「波留ちゃんが不安にならないように」

「いえ、やはりお母さんでも、訊かれたくないことはあると思います。いくら未遂でも、鈴木先生のしたことは女性として本当に屈辱的ですので」とベッドに腰かけている波留に視線を送る。

「ごめん、ママ」波留はすぐに応じた。「鈴木先生のことだったら、私も刑事さんと二人きりで話がしたい」

計算どおりだった。南が羽田について話そうとしていると思ったのだろう。波留の両親には、羽田との関係は伏せてある。

「どうして？」母親が傷ついた顔をした。「ママはいつだって波留ちゃんの味方なのよ」

波留が目を伏せる。

「ママだからこそ聞かせたくないこともあるの。イヤな思いをさせたくないから」

役者だなと感心する。不登校だからといって、ただのおとなしい美少女ではないのだろう。声優を目指していることも、関係しているのかもしれない。だとしたら、やはり南の想像が正しい可能性も充分に考えられた。

母親がため息をつく。

「……分かったわ」とトレイを手に腰を上げた。「終わったら、声をかけてください」

「どうもすいません」南は床に座ったまま頭を下げる。

母親が部屋から出ていった。

波留が素早く立ち上がって、ドアに耳を当てる。しばらく様子をうかがってから、ドアを開けた。廊下にはまだ母親が立っていた。

「ママ、お願い」

母親が肩を落とす。無言のまま、階段を降りていった。

波留がドアを閉めて戻ってくる。再びベッドに腰を下ろした。

「お母さんに悪かったわね」

いえ、と波留が首を振る。

「私も羽田先生とのことは知られたくないので」

「実は、話って羽田先生のことじゃないの」

波留が意外そうな顔をした。

「違うんですか」

「聞きたいのは、本当に鈴木先生のことなの」

波留の表情がわずかに強張《こわば》るのを南は見逃さなかった。

「どうかした？」

「……なにがです？」

「鈴木先生の名前を聞いて、緊張したみたいだから」

「そんなことありません」波留がむきになる。「ただ――」と視線をそらすと、「あんなことがあったんですから、あんまり思い出したくないだけです」と小声でうつむいた。

男性刑事なら、この仕草だけでダマされるかもしれない。

でも、と波留が続けた。

「だったら、どうしてママがいないほうがいいんです？」

「もちろん聞かれないほうがいいと思ったからよ」

「鈴木先生のことなのに？」

ええ、と南はほほ笑んだ。私ね、と切り出す。

「どうしても分からないことがあるの」

「分からないこと？」

「なぜ鈴木先生があなたを襲ったのか」

「そんなの、私にも分かりません」

「鈴木先生は本橋先生のために人まで殺してるのよ。そこまで本橋先生に入れ込んでた鈴木先生がほかの女性を襲うかしら。しかも、発覚したら絶対に言い訳の利《き》かない学校の女子生徒を」

「そんなこと言われても……」波留が口を尖らす。「実際に襲ってきたんですからしょうがありません」

「自分ではどうしてだと思う？」

「この前、警察でもお話ししましたけど、私が羽田先生と付き合ってたから、簡単にやれると思ったんじゃないでしょうか」

「それは作った筋書きでしょう」

「……え？」

「違ってたら言ってね」南は口元をゆるめた。「生徒に暴行を働いたとなれば、鈴木先生はどうやっても学校を辞めざるを得ない。だから、あなたはそのために一芝居打った。自分でTシャツを破いて、襲われたように見せかけた。そうなんでしょう」

波留の顔が青ざめた。

「……そんなわけありません」と硬い声で答える。

「あの日、あなたが着ていたのはピンクのTシャツだった」

「覚えてません」

「記録にはそう残ってる。だから、調べてみたの」

「……なにを？」

「鈴木先生の身体に、ピンクの繊維が残ってなかったかどうか」

波留の目元がけいれんしたようにひくついた。

「もし鈴木先生が服を無理やり引き裂いたのであれば、普通はどこかに繊維が付着してるはずよ。でも、繊維は検出されなかった」南は波留の両目を見据える。「どうしてだと思う？」

波留の視線が宙を泳いだ。真《ま》っ直《す》ぐに南を見返すことができない。南は自分の想像が正しいことを確信した。

「ねえ、どうして鈴木先生を辞めさせたかったの？」

「……なんのことです？」

「教えて」

波留はしばらく黙り込んでいた。一分ほどして、「ひどい」と南を見たときには瞳《ひとみ》が潤《うる》んでいた。「私は被害者なんです。どうしてそんな言い方されなきゃいけないんです？　もうヤダ。ママを呼びますから」と腰を上げようとした。

いくら役者とはいえ、しょせんは高校生だ。仮にもこちらは刑事である。ダマし合いで負けるつもりはなかった。

「お父さんとお母さんに羽田先生のこと知られたくないんでしょう」

波留が動きを止める。おびえた目で南を見つめた。

「……どういう意味です？」

その質問には答えなかった。南は波留を見上げてほほ笑む。

「繊維については非公式で調べたの。だから、正式な捜査の対象にはなっていない。知っているのは私だけ」

「……なにが言いたいんです？」

「私は真実が知りたいの。ねえ、教えて。あなたはどうしてあんなことをしたの？」

7

「……後遺症？」森本千里が訊き返した。

うん、とベッドの千代田和成が弱々しい笑みを浮かべる。

「あくまで可能性だけどね。足を引きずるかもしれないって」

磯神ことりは窓際《まどぎわ》に立っていた。窓からの景色はどんよりと曇っている。車椅子で散歩する女性と看護師の姿が見えた。

「訴えなよ」千里が強い口調で言う。

ことりは病室へと視線を戻した。

「そんなことできないよ」千代田が答える。

「どうして？」

「麻耶ちゃんになにされるか分かんないじゃないか」

千里が眉をひそめる。

「……千代田、もしかして知らないの？」

「なにが？」

「あの子、今、大変なことになってるんだよ」

千里がスマートフォンを取り出した。操作してから、画面を千代田のほうに向ける。

画面を見た千代田が、え、と目を丸くした。

「なにこれ？　麻耶ちゃんのこと？」

そう、と千里が頷く。

「山内忍があの子を売ったの」

「売ったって？」

「記者に写真を渡したみたい」

「へえ、あの山内が」

まったく、と千里が舌打ちをした。

「余計なことしてくれたでしょ」

「……余計なこと？」

「だって、和木麻耶はあたしがやるって決めたんだから」

「やるって？」

「やるはやるだよ」千里が意味深にほほ笑む。どこか楽しげに見えたが、目は真っ赤に充血していた。

千代田が眉間《みけん》にシワを寄せる。

「仕返しとかヘンなこと考えないでね」と心配そうに言った。「せっかく無事だったんだから。麻耶ちゃんがこんな状態ならなおさらだよ。放っとけばいいって」

「そうはいかないわよ！」千里が鋭い調子で告げる。「あたしはね、昨日一日だけで信じられない屈辱を受けたの。だから、この恨みは自分で晴らすって決めた。マジで許さないんだから！」

ことりは手にしたカバンに視線を落とした。中のスマートフォンから振動が伝わってくる。取り出して確認すると、ＬＩＮＥのメッセージが一件届いていた。内容に目を通して、ことりは再びスマートフォンをカバンに戻した。

「――じゃあ、あたし、行くから」千里が病室の入り口へ向かって歩き出す。

「もう？」千代田が驚きの声を上げた。「今、来たばっかりなのに」と残念そうな顔をする。

「お礼を言いに来ただけだから」千里がことりを見やった。「我が一Ｄのクラス委員に言われてね」

ことりは笑みを浮かべる。

「千代田くん、転校するんでしょう」

うん、と千代田が頷いた。どこか痛むのか顔をしかめる。

「退院できても、もう行きにくいかなと思って。でも、麻耶ちゃんがそんな状態なら、考え直そうかな」と千里をちらりと見た。

千里は気にする様子もなく、「じゃあね」とさっさと病室から出ていってしまう。

千代田がため息をついた。ことりと目が合うと、苦笑いする。

「なんなんだろうね、僕」

さあ、とことりは肩をすくめた。

「でも、ありがとう。千里ちゃんを連れてきてくれて」

「どういたしまして」ことりは冷ややかに答える。「で――」と千代田の顔を見据えた。

「本当に転校をやめるつもり？」

「どうしようかなと思って。イソジンちゃんはどう思う?」

「残っても、うちのクラスに千代田くんの居場所はないと思うけど」と言いながら、ことりは窓際を離れた。

千代田が悲しげな顔をする。

「だよね……」とため息混じりに言った。

「さようなら」そう告げると、ことりは廊下へと出た。

8

和木麻耶は柱の陰で息を殺していた。そっと顔を出して、階段の様子をうかがう。下りてくる人影はない。

上っていった階段から戻ってくる保証はなかった。しかし、ヘタに動き回って見失いたくもない。

柱にもたれて深呼吸した。カバンで隠した右手には、自宅から持ってきた果物ナイフを握り締めている。

千里の顔を思い出した。それだけで怒りが湧《わ》き上がってくる。

麻耶を侮辱する奴は絶対に許さない――。

学校から、千里のあとをつけてきた。週刊誌に話を持ち込んだのは、間違いなくあの女だろう。わざと麻耶に暴力を振るわせて、隠し撮りしたのだ。やることが汚すぎて、ヘドが出そうだった。

千里が一人になったら襲うつもりでいた。しかし、磯神ことりが一緒にいるせいで、まだ一度もチャンスがない。

本当にあのクラス委員は忌々《いまいま》しい。意識的にしろ、無意識的にしろ、これまで何度も麻耶のすることを邪魔してきた。従兄《いとこ》が三年にいなければ、真っ先にターゲットにしているところだ。

いっそのこと、あのクラス委員も――。

早く下りてこい――心の中でそう念じると、麻耶は改めて階段のほうに視線を向けた。

9

「――じゃあ、ここで」ことりが足を止める。「私、トイレに寄って帰るから」

「分かった」千里は応じた。「付き合ってくれてありがとう」

「どういたしまして」トイレに入ろうとしたことりが振り返って、「森本さん」と呼びかけてくる。

「なに？」

「あんまりムチャしないほうがいいと思うけど」

「余計なお世話よ」千里はむきになって言い返した。「やられたらやり返すのは当たり前でしょ」

　ことりが苦笑いする。

「もとはと言えば、身から出たサビでしょう」

「イソジンちゃんには関係ないし」

　ことりが肩をすくめた。

「好きにすれば」

「好きにするわよ。じゃあね」

　回れ右をすると、千里は廊下を歩き出す。

　ことりの指摘には苛立《いらだ》ちを覚えていた。身から出たサビなのは分かっている。分かっているからといって、甘んじて受ける必要はない。悪いのはすべて麻耶なのだ。

　本当は自分が麻耶を絶望へと叩き落としたかった。しかし、山内忍に先を越されてしまった。ただ、麻耶が一番ショックを受けるものはまだ残っている。《顔》だ。あのキレイな顔に一生残る傷がついたら、死にたいと思うほど打ちひしがれるだろう。考えるだけで楽しくなってきた。

階段を降りようとしたとき、一階にある大きな柱の陰から、なにかが飛び出してきた。そのまま階段を駆け上がってくる。

あ、と千里は声を漏らした。

私服姿の麻耶だった。ヴィトンのカバンを大事そうに抱えている。いつもはキレイに整えられた髪がぼさぼさに乱れていた。目も真っ赤に充血している。麻耶は千里より五段ほど下で足を止めた。

「あはは！　なにそれ！」千里は声を出して笑った。

心に余裕がないだけで、ここまで人は変貌《へんぼう》するものなのか。生まれて初めてそのことを知った。

「なんなの、その顔」と馬鹿《ばか》にしてやる。「まるでバケモノみたい」

麻耶がきっと千里を睨んだ。

「あんたこそ、バケモノみたいに目が血走ってるくせに！」

「あんたと一緒にしないで！」

千里は一段だけ下りた。間合いを詰めたら、思いっきり爪《つめ》で頬を引っかいてやろうと身構える。きっと麻耶は気が狂ったように泣きわめくに違いない。想像するだけで、背筋がぞくぞくした。

「あんただけは許さない」麻耶が低い声で言う。

「それはこっちのセリフ」

「麻耶を侮辱する奴は絶対に許さない！」

麻耶がカバンを放り出した。階段の途中に落ちたカバンが下まで転がっていく。麻耶の右手には、鈍く光るモノがあった。それを千里に向かってかまえる。

「ウソ――」

そう口走った瞬間だった。

背中に強い衝撃を受けた。足が地面を離れる。麻耶が目を見開いた。鈍く光るモノが一気に迫ってくる。胸に鋭い痛みが走った。

そのまま階段を麻耶ともつれるように転がり落ちながら、千里は意識が遠ざかっていくのを感じていた。

10

階段の下では、千里と麻耶が折り重なるように倒れていた。二人とも動かない。廊下に赤い血がじわじわと広がっていく。

山内忍は手のひらを見つめた。千里を突き飛ばした感触がしっかりと残っている。急に怖くなって、二、三歩後ずさった。階段の傾斜で二人の姿が見えなくなる。

そのとき、背中がなにかにぶつかった。びくりと身体を震わせて振り返る。

「……磯神さん」

無表情な磯神ことりが立っていた。冷めた目で忍を眺めている。

一階のほうがだんだんと騒がしくなってきた。

ことりが一歩踏み出す。

「ひ——」忍は息を飲んで肩をすくめた。

忍の横を素通りすると、ことりは一階をのぞき込んだ。

「もう一人は和木さん？」

「……え？」

ことりが振り返った。

「森本さんは分かってるの。もう一人は和木さんなの？」

「た、たぶん……」

階下の騒ぎはみるみる大きくなっていく。怒鳴り声がここまで聞こえてきた。

「どうしてだろう。偶然かな」

「い、磯神さん、わ、私ね——」

「ああ、そうだ」ことりが思いついたように言う。「山内さん、ここにいたらまずいんじゃない？」

「え？」

「なにをしたかは訊かないけど――」ことりがメガネの奥の目を細める。「山内さん、今のうちに逃げたほうがいいんじゃないの？」

「おい、君！」一階から大きな声が聞こえてきた。

ことりが振り返って、一階を見やる。

「この二人の友だちかい！」

「クラスメイトです」

「ちょっと来てもらえないか！」

「分かりました」

ことりが階段を下りていく。すぐに背中が見えなくなった。

一階の騒ぎを聞きつけて、二階でも徐々に人が集まり出していた。なにごとかと、一階のほうをのぞき込んでいる。

忍は足音を立てないように、そっと後ろへ下がった。階段へ向かう人波に逆らって、エレベーターへと足を向ける。首筋から吹き出す汗をぬぐいながら、顔を伏せて歩いていった。

11

「――北野波留さんに頼んだそうですね」

保健室に入ってドアを閉めると、南はすぐにそう告げた。

白衣姿の黒川サキは椅子に腰を下ろしていた。デスクの上にあったカップを手に取ると、口をつける。

「なんの話です？」

「北野さんが正直に話してくれました。あなたに頼まれて、鈴木先生に襲われたフリをしたって」

「そうですか」

「認めるんですね」

「彼女がそう言ってるんならそうなんでしょう」サキが目の前にある丸椅子を示す。「お座りになってください」

「失礼します」南は腰を下ろした。

サキがメガネを直す。南を見つめた。

「よく彼女が認めましたね」

「破れたTシャツの繊維が、鈴木先生から検出されなかったと伝えました。無理やり引き裂いたのであれば、手や衣服に繊維が残るはずです。だから、あれは芝居なんじゃないかって」

「なるほど」サキが感心したように頷く。「さすが警察の捜査は抜かりがないですね」

でも、と南は苦笑いした。

「それ、ウソなんです」

「ウソ？」

「繊維については調べてません」

「……調べてない？」

「もちろん調べれば、そういう結果が出たかもしれません。でも、実際にはそんな分析はしていません」

サキはしばらく南を見つめていた。やがて、あきれたような笑みを浮かべる。

「ひどい人。高校生をダマすなんて」

「そうでもしないと、事件の真相が分からないと思ったんで」

「真相？」

「一連の事件の真相です。羽田先生が殺され、本橋先生が殺され、最後に鈴木先生が自殺した事件のことです」

「でも、北野さんのことは、それとは直接関係ないんですよね」

「私も最初はそう思っていました。捜査本部は今でもそう思っています。だから、繊維の分析もされてないんです。でも、実際はそうじゃなかった。北野波留さんが襲われそうになったという狂言も、れっきとした事件の一部だったんです」

「おもしろそう」サキが身を乗り出す。「聞かせてください」

「その前に教えてほしいことがあります」

「なんです？」

「なぜ鈴木先生を追い詰めようとしたんです？」

「彼が一Dの担任になったから」

「どういう意味です？」

だって、とサキが笑みを浮かべる。

「羽田先生のあとに鈴木先生じゃ、あまりに一Dの生徒たちがかわいそうでしょう。だから、彼を辞めさせたかったんです。もともといい先生とは言い難い人でしたし。ですから、この機会に学校から追い出そうと思って」

「本当にそれが理由ですか」

「ほかにあります？」

「鈴木先生が自殺する環境を整えようとしたんじゃないですか」

まさか、とサキがメガネの奥の目を丸くする。

「そんなこと考えもしませんでした」

「本橋先生を殺したことまでが計算だったとは思いません。あの日、鈴木先生が自ら命を絶ったのも偶然でしょう。でも、あなたはいずれ鈴木先生を自殺に見せかけて殺すつもりでいた。違いますか」

サキが苦笑いする。

「どうして私がそんなことするんです？」

それは、と南はサキを見据えた。

「あなたが鈴木先生に羽田先生を殺させたからです」

サキが困ったような笑みを浮かべた。

「あれは本橋先生が鈴木先生に依頼したんですよね。証拠の手紙も見つかったと聞きましたけど」

「手紙が見つかったのは鈴木先生の自宅だけです。本橋先生の自宅からは見つかっていません。つまり、二人が本当に手紙でやり取りしていた証拠はないんです」

「本橋先生は処分したんじゃないですか」

「手紙の指紋を調べました」

サキの口元がぴくりと反応する。

「……指紋？」

「手紙から、本橋先生の指紋は一つも検出されませんでした。おかしいと思いません？差出人の指紋がないなんて」

　室内に沈黙が流れた。張り詰めた空気に息苦しさを覚える。一瞬、殺気を感じた気がして、南は反射的に身構えた。

　サキがため息をつく。悟ったような笑みを浮かべた。

「それはウソじゃないんですよね」

　違います、と南は頷いた。

「繊維のようなウソではありません。ちゃんと調べはついています」

　指紋の照合はきちんと鑑識で行われていた。南から波留の証言を聞いた屋敷が、裏で働きかけてくれたのだ。南一人であれば、おそらく門前払いされていただろう。

「あれだけしつこく処分しろって書いたのに」サキが肩をすくめた。「後生大事に取ってあるのは誤算でした」

「でも、私が最初に疑問を感じたのは別のことなんです」

「別？」サキが眉をひそめる。「ほかになにかありました？」

「鈴木先生に殺された際の本橋先生の態度が、どうしても共犯者に思えなかったんです。無防備に玄関先で話したり、窓から助けを求めたり、鈴木先生を《人殺し》呼ばわりしたり、共犯者であれば違和感を覚える行動ばかりでした。だから、発想を変えてみたんです。もし本橋先生が共犯者じゃなかったら、と」

共犯者でないとしたら、玄関先で話したことも、助けを求めたことも、《人殺し》呼ばわりしたことも、すべて納得がいく。優香は鈴木が羽田を殺したことを知らなかったのだから当然だ。

その場合、鈴木に羽田殺害を依頼した人物が別にいることになる。そう考えたとき、手紙のやり取りを仲介していたサキの顔が浮かんだ。サキなら簡単に本橋優香のフリができたからだ。

鈴木に羽田を殺害させておいて、いずれ自殺に見せかけてこの世から葬《ほうむ》り去る――それがサキの描いたシナリオだったのだろう。

そのためには、鈴木が自殺しても不自然でない環境を整える必要があった。だから、生徒を暴行したかのように見せかけ、職を追われるように仕向けたのだ。なるべく優香から遠ざけようとする狙《ねら》いもあったのかもしれない。

サキが苦笑いする。

「鈴木先生が本橋先生の自宅へ行ったのは想定外でした。本橋先生には気の毒なことをしました」

「どうして羽田先生と鈴木先生を?」

「さっきも言ったとおり、一Dの生徒がかわいそうだったからです。それ以外にも、あのクラスは問題だらけでした。解決する必要があったんです」

南ははっとした。おそるおそる訊く。

「……もしかしてGプレスの記事もあなたが？」

サキが目を閉じる。

「主は彼らの不義を彼らに報い、彼らをその悪のゆえに滅ぼされます。われらの神、主は彼らを滅ぼされます」

「……どういう意味？」

サキが目を開けた。満足げにほほ笑む。

「神はいるという意味です」

エピローグ

コーヒーを一口飲むと、南は口を開いた。

「今、クラスってどんな感じ？」

磯神ことりが手元のカップから顔を上げる。

「いい感じです」

土曜日の午後だった。空は気持ちよく晴れ渡っている。川沿いのオープンカフェを利用するには、絶好の天気だった。

「いい感じって？」

「新しい担任は前の二人ほどひどくありませんし、和木さんたちがごっそりいなくなって、みんながのびのびしています」

南は苦笑いした。

「正直ね」

「ウソをつく意味がありませんから」

「でも、ショックじゃなかった？」

「なにがです？」

「逮捕者が二人も出たのよ」

二人とは、和木麻耶と涌井美奈子のことだった。麻耶には母親と森本千里に対する殺人未遂の容疑が、美奈子には穴口学に対する殺人未遂の容疑がそれぞれかかっている。被害者はいずれも一時、意識不明の重体だったが、すでに三人とも持ち直していた。ただ、麻耶の母親である矢沢萌子の怪我《けが》はかなり深刻で、女優復帰は絶望的だろうと噂《うわさ》されていた。

「どうして私がショックを受ける必要があるんです？」

「一応、クラスメイトなわけだし」

「どちらも退学済みです。すでにうちのクラスの生徒ではありません」ことりが冷たく突き放した。「むしろ殺人犯にならなかっただけ、運がよかったと思います。それより、刑事さんにお訊《き》きしたいことがあります」

「なに？」

「黒川先生の様子はいかがです？」

「取り調べには素直に応じてる」

「体調のほうは？」

「元気よ。特にやつれた様子もないし」

「なら、よかったです」ことりが満足げに頷《うなず》く。

南はことりを真《ま》っ直《す》ぐに見つめた。

カップを口に運ぼうとしたことりが、南の視線に気づいて動きを止める。うかがうように首をかしげた。

「なんでしょう？」

「今日は、そのことを話したくて来てもらったの」

「そのこととは？」

「黒川先生のことよ」

あれから一週間あまりが経過していた。黒川サキは殺人を教唆《きょうさ》したとして取り調べを受けているが、実際に犯罪が成立するかどうかは微妙なところだった。捜査は現在も慎重に進められている。

それ以外にも、サキは一年D組の生徒を《手紙》で操っていたと証言していた。Gプレス・Webの記事についても、関与を認めている。写真を撮影した山内忍という生徒も、サキに言われてやったと証言していた。ただ、道義的責任を除けば、こちらは鈴木の件以上に罪に問うことは難しそうだった。

ことりがカップに口をつける。

「黒川先生がどうかしました？」

「私ね、黒川先生のことで、一つ不思議に思ってることがあるの」

「なんでしょう？」

「黒川先生はどうしてあんなに詳しかったんだろうと思って」

「なにがです？」

「保健の先生が生徒の悩みを聞く機会が多いのは分かる。私自身、頻繁に相談してた生徒だったしね。でも、全員が保健室に行くわけじゃない。なのに、どうして《手紙》だけで生徒を操れるほど、黒川先生は一Dの人間関係に通じてたのかしら。毎日顔を合わせる担任だって把握するのは難しかったはずよ。なのに、保健室にいる黒川先生にどうしてそこまで分かったのか、不思議だと思わない？」

ことりがメガネの奥の目を細めた。

「なにが言いたいんです？」

「つまり、黒川先生はなんらかの方法で、一Dの人間関係についての情報を入手してたはずなの。普通、教師の耳には絶対に届かない細かいことまで含めてね。そんなことまで教えられるのは、クラスの生徒以外には考えられない。だって、クラスの生徒以上にクラスの人間関係に詳しい人なんているわけないんだから」

「だから、なにが言いたいんです？」

「一年D組には、黒川先生の協力者がいたとしか思えないってこと。で、黒川先生の気持ちになって考えてみたの。協力者を選ぶとしたら誰にすればいいか──」南はことりを見据えた。「ことりさん、あなたじゃない？　あなたが黒川先生に協力してたんじゃないの？」

「私が協力？　まさか」ことりがあきれたように笑う。「刑事さん、冗談はやめてください」

いいえ、と南は首を振った。

「あなたしか考えられないの。私はほんの数日しかあなたと接していない。それでも、クラス委員として、あなたがクラスのことを憂《うれ》えているのはよく分かった。心から気にかけているのは、ひしひしと伝わってきた。私から協力をお願いしたときも、クラスのためならと力を貸してくれたもの。一見すると冷たそうに見えるけど、本当のあなたはとても素直で優しい子よ。黒川先生からしたら、そんなあなたほど利用しやすい生徒はいなかったと思う」

ことりの表情からすっと笑みが消えた。

「……いい加減にしてください。そんなことあり得ません」

「ことりさん、よく聞いて」南はことりの顔をのぞき込んだ。「もしかしたら、あなたは黒川先生をヒーローみたいに思ってるかもしれない。でも、そうじゃない。黒川先生はあなたをいいように利用しただけ。勘違いしないで。あなたを責めてるわけじゃないの。あなたは悪くない。あなたはあの人にダマされただけなんだから」

ことりは正義感の強い少女だ。クラスのためと言われれば、喜んで協力しただろう。サキはそこにつけ込んだに違いない。

サキがどのような理想を掲げていようとかまわない。一Dの生徒のためにしたことにも、一定の理解はしているつもりだ。しかし、ことりを巻き込んだことだけは、どうしても許せなかった。

ことりが冷ややかに南を見つめる。

「刑事さんは私をバカにしてるんですか」

「バカになんかしてない。私は本気であなたを心配してるの。黒川先生みたいな人に毒されちゃダメ」

「黒川先生にそんなことはできません」

「認めたくない気持ちは分かる。黒川先生を悪く言いたくないんでしょう。でも、認めなきゃダメ。あなたには未来があるんだから。あんな人の影響は受けてほしくないの」

いくらしっかりしているとはいえ、ことりはまだ高校一年生だ。他人の影響をもろに受けやすい年齢と言っていい。一見、正義の味方に見えるサキに、尊敬に近い感情を抱いてもおかしくなかった。だからこそ、今もサキをかばおうとしているに違いない。

しかし、サキは世間から完全にズレている。ことりを誤った方向へと導くだけだ。ことりにはそれを分かってほしかった。ただでさえ、ことりは両親と姉を火事で亡《な》くしている。これ以上、かわいそうな存在になってほしくはなかった。

ことりが苦笑いをした。

「私が黒川先生に協力したことはありません。利用されてもいませんし、ダマされてもいませんし、毒されてもいませんし、影響されてもいません。そんなことは絶対にあり得ないんです」

「でもね、ことりさん――」

だって、とことりが南を遮った。

「計画したのはすべて私ですから」

「……え？」

一瞬、意味が分からなかった。口を開けたまま、南はぽかんとしてしまう。しばらくことりの顔をまじまじと見つめた。

「……あなたが計画した？」

ええ、とことりが口元をゆるめる。

「黒川先生は私の命じるまま動いただけです。あの人は私に従順なただの操り人形です。協力と呼ぶような関係性ではないんです」

視界に映ることりの顔がいびつに歪《ゆが》んで見えた。ぐるりと世界が反転する。目が回るような感覚があって、不意に吐き気を覚えた。

「ほ、本当なの……？」と口から出た声は震えていた。

もちろんです、とことりが頷く。

「私は神ですから」

――神はいるという意味です。

サキが発した言葉を思い出した。

「刑事さんのおっしゃるとおりです」ことりが続ける。「黒川先生にあそこまで分かるわけありません。私がクラスの関係性を検討したうえで、どこに刺激を与えるのかを考えて指示したんです」

「……刺激？」

ええ、とことりが答える。

「学校での人間関係や感情は複雑に入り組んでいます。少し刺激を与えるだけで、思わぬ化学反応を起こすものです。そうやって問題のあるクラスを変化させたんです。素晴らしいと思いませんか」

じゃあ、と南はおそるおそる口を開いた。

「羽田先生や鈴木先生のことも？」

「計画したのはすべて私です」

「あなた、そんなこと許されると思ってるの？」

「もちろんです。正義はこちらにあります」

「人が三人も死んでるのに？」

「だから？」

「……だから？」

「三人とも自業自得《じごう》でしょう」

「本橋先生も自業自得だって言うの？」

「羽田みたいな男を選んだ報いです。あれだけ評判の悪い教師なのに、噂を聞かなかったと思います？　知ってたんですよ、当然。知ってて、知らないフリをしてたんです」

「……どうして？」

さあ、とことりが肩をすくめる。

「セックスがよかったのかもしれませんね。でも、本橋先生はどうでもいいんです。私はクラス委員として、一Dのごみを捨てようとしただけです」

「捨てるって……」

「ごみなんですから、捨てるのは当然でしょう。ごみは取り除くべきです。放っておくと、ごみは腐るんです。臭《にお》いを発したり、ハエが寄って来たりして、ほかの人たちの迷惑なんです。なのに、どうして周囲が我慢しなくちゃならないんです？　みんな、本当は分かってるのに、やろうとしないんです。私はそれを実行に移しただけです。高校のころ、刑事さんだって同じようなこと考えてましたよね。こいつらマジでデリートしたいって。そうじゃありません？」

頭の半分では、ことりの考えを絶対に認めることはできないと感じていた。しかし、残り半分では共感を覚えているのも事実だった。

高校のころ、南も毎日のようにそう考えていた。学校に行けず家にこもりながら、クラスメイトや担任の山下を呪《のろ》い続けた。

どうしてあんな奴《やつ》らがのさばって、自分が苦しまなきゃならないんだ。あんな奴ら、この世から消えてしまえばいいのに――。

ふと思うことがあった。

黒川サキはなぜこの少女に従ったのだろう。共感するところが、サキにもあったのだろうか。取り調べの中で、サキはことりの指示を受けたとは一言も漏らしていない。自分の身を犠牲にしてまで、ことりに忠誠を誓うのはなぜだろう。

でも、とことりが冷めた目で南を見た。

「正直、刑事さんは期待はずれでした」

「……期待はずれ？」

「正義と悪がちゃんと分かってる人だと思ってたんですけどね」

「もちろん分かってるわ」

「だったら、どうして黒川先生を見逃さなかったんです？」

「私は刑事よ」

「だから？」

「確かに、黒川先生は誰も殺していないかもしれない。でも、殺人を誘導したのは事実よ。見逃すことはできない」

やっぱり、とことりがため息をつく。

「なにも分かってない。人を殺したからって、必ずしも悪いわけじゃないんですよ」

「世の中、そんなわけにはいかないでしょう」

「どうしてです？」ことりが馬鹿《ばか》にしたように鼻を鳴らした。「世界中のいたるところで、この瞬間にも人が殺されてるんです。しかも、罪のない人たちが。それが許されて、どうしてごみを始末することが許されないんです？　おかしいと思いません？」

「秩序はそうやって保たれてるの」

「素直になりなさい」

ぎょっとして、ことりを見つめてしまう。

ことりは憐《あわ》れむような表情を浮かべていた。

「刑事さんだって、本当はこっちが正義だって分かってるんでしょう」と顔をのぞき込んでくる。

心を見透かされそうな気がして、南は反射的に目をそらした。

ことりが穏やかに笑う。

「大丈夫ですよ。人を殺すぐらい」と椅子《いす》から立ち上がった。

「私も三人殺してますから」

言葉の意味は分かった。しかし、すぐには理解がついていかない。

「ただし、厳密に言うと、あれは人殺しではありません。私の家族は完全なごみでした。

私はごみを始末しただけです」

三年前、北原町で四人家族のうち三人が――。

「おかげで今は快適な生活を送ることができています」

そのとき、唯一《ゆいいつ》生き残った少女が――。

「相手が人間だからといって、無条件に尊重する必要はないんです」

出火元は二階にあった姉の部屋――。

「くだらない人間を人間として扱う必要はありません」

彼女を二階から一階へと追い払って――。

「くだらない人間はごみですから」

おかげで、彼女だけが助け出された――。

「ごみはさっさと捨てればいいんです」

背筋がすっと冷たくなる。恐ろしいものを目の当《ま》たりにしている気がしてならなかった。身体《からだ》が震えそうになる。

ことりが南に背を向けた。行きかけて振り返る。

「刑事さんにとって、この世は生きにくいでしょう。素直になったら、きっと生きやすいですよ」

黒川サキはなぜこの少女に従ったのか。

この少女の中の闇《やみ》は深い。深いからこそ、のぞき込みたくなる。しかし、のぞき込んだら最後、簡単には目を離すことができない。もっともっと奥へと進みたくなって——。

「……あなた、何者なの？」

「だから、言ったじゃないですか」ことりがにっこりと笑った。

「神です」

本書は新潮文庫のために書き下ろされた。

河野裕著
いなくなれ、群青
11月19日午前6時42分、僕は彼女に再会した。あるはずのない出会いが平坦な高校生活を一変させる。心を穿つ新時代の青春ミステリ。

河野裕著
その白さえ嘘だとしても
クリスマスイヴ、階段島を事件が襲う——。そして明かされる驚愕の真実。『いなくなれ、群青』に続く、心を穿つ青春ミステリ。

河野裕著
汚れた赤を恋と呼ぶんだ
なぜ、七草と真辺は「大事なもの」を捨てたのか。現実世界における事件の真相が、いま明かされる。心を穿つ青春ミステリ、第3弾。

河野裕著
凶器は壊れた黒の叫び
柏原第二高校に転校してきた安達。真辺由宇と接触した彼女は、次第に堀を追い詰めていく……。心を穿つ青春ミステリ、第4弾。

河野裕著
夜空の呪いに色はない
郵便配達人・時任は、今の生活を気に入っていた。だが、階段島の環境の変化が彼女に決断を迫る。心を穿つ青春ミステリ、第5弾。

古谷田奈月著
ジュンのための6つの小曲
学校中に見下されるジュンと、作曲家を目指す同級生・トク。音楽に愛された少年たちの特別な世界に胸焦す、祝祭的青春小説。

榎田ユウリ著
ここで死神から残念なお知らせです。
「あなた、もう死んでるんですけど」――自分の死に気づかない人間を、問答無用にあの世へと送る、前代未聞、死神お仕事小説！

榎田ユウリ著
死神もたまには間違えるものです。
「あなた、死にたいですか？」――自分の死に気づかない人間に名刺を差し出し、速やかにあの世へ送る死神。しかし、緊急事態が！

榎田ユウリ著
ところで死神は何処から来たのでしょう？
「殺人犯なんか怖くないですよ。だって、あなたはもう」――保険外交員にして美形&最強「死神」。名刺を差し出されたら最期！

円居　挽著
シャーロック・ノート
―学園裁判と密室の謎―
退屈な高校生活を変えた、ひとりの少女との出会い。学園裁判。殺人と暗号。密室爆破事件。いま始まる青春×本格ミステリの新機軸。

円居　挽著
シャーロック・ノートII
―試験と古典と探偵殺し―
太刀杜からんはカンニング事件を受け、生徒会裁判〝将覧仕合〟に臨む。伝説の名探偵・金田一も参戦する青春本格ミステリ！

額賀　澪著
猫と狸と恋する歌舞伎町
変化《へんげ》が得意なオスの三毛猫が恋をしたのは組長の娘、しかも……!?　お互いに秘密を抱えた恋人たちの成長を描く恋愛青春ストーリー。

三川みり著　**もってけ屋敷と僕の読書日記**

恋も友情も、そして孤独も、一冊の本が教えてくれた――少年と、本の屋敷に住む老人との出会いを通して描く、ビブリオ青春小説！

森　晶麿著　**かざまち美術館の謎便り**

突然届いた18年前の消印の絵葉書。当時死んだ少年画家の物がなぜ？　学芸員パパと娘が名画をヒントに謎を解く新・美術ミステリー。

古野まほろ著　**R.E.D. 警察庁特殊防犯対策官室**

総理直轄の特殊捜査班、女性6人の精鋭チームが謎のテロリスト〈勿忘草《ワスレナグサ》〉を追う。元警察キャリアによる警察ミステリの新機軸。

七月隆文著　**ケーキ王子の名推理《スペシャリテ》**

ドSのパティシエ男子&ケーキ大好き失恋女子が、他人の恋やトラブルもお菓子の知識で鮮やか解決！　胸きゅん青春スペシャリテ。

七月隆文著　**ケーキ王子の名推理《スペシャリテ》2**

未羽は愛するケーキのお店でアルバイト開始。そこにオーナーの過去を知る謎の美女が現れて……。大ヒット胸きゅん小説待望の第2弾。

七月隆文著　**ケーキ王子の名推理《スペシャリテ》3**

修学旅行にパティシエ全国大会。ライバル登場で恋が動き出す予感!?　ケーキを愛する高校生たちの甘く熱い青春スペシャリテ第3弾。

デザイン　川谷康久（川谷デザイン）

スクールカースト殺《さつ》人《じん》教《きょう》室《しつ》

新潮文庫　ほ－25－1

平成二十八年五月一日発行
令和元年六月五日五刷

著者　堀《ほり》内《うち》公《こう》太《た》郎《ろう》

発行者　佐藤隆信
発行所　株式会社新潮社
郵便番号　一六二―八七一一
東京都新宿区矢来町七一
電話　編集部（〇三）三二六六―五四四〇
読者係（〇三）三二六六―五一一一
http://www.shinchosha.co.jp

印刷・錦明印刷株式会社　製本・錦明印刷株式会社

ISBN978-4-10-180064-6 C0193